Elsa Rieger
Ein Mann wie Papa

AF139167

Elsa Rieger

Ein Mann wie Papa

Reggae, Love & Drugs

Impressum

2. Auflage

Copyright 2017 Elsa Rieger

Coverdesign: Irene Repp

http://daylinart.webnode.com/

Bildrechte: © picsfive -123rf.com; © Igor Dolgov - 123rf.com

Lektorat: Judith Lasar

TWENTYSIX – der Self-Publishing-Verlag
Eine Kooperation zwischen der Verlagsgruppe
Random House und BoD – Books on Demand

Herstellung und Verlag:
BoD – Books on Demand, Norderstedt

ISBN: 978-3740734206

Ein Mann wie Papa

Prolog

Die Sorge, vorzeitig an seniler Bettflucht zu leiden, scheint grundlos zu sein.

Neuerdings schlafe ich wieder länger an Sonntagen und fahre nicht mehr hoch, weil ich vom Begräbnis meiner Schwester träume.

Ich strecke mich und streiche mir über den Kopf. Machen lange Haare alt? Während Julias Kinder durchs Vorzimmer toben, stehe ich auf und laufe ins Bad, um der Sache auf den Grund zu gehen. Entschlossen raffe ich vor dem Spiegel das Haar im Nacken zusammen. Augen auf! Sieht gar nicht übel aus. Aber was mache ich, wenn sie grau werden? Gedankenschwer setze ich mich auf den Rand der Badewanne.

»Färben! Was sonst«, erkläre ich mir mit verstellter Stimme.

Die nächste Frage: »Was sieht ein Mann in meinem Gesicht?«

Doch bevor mir eine liebevolle Antwort einfällt, saust die kleine Anna herein und schlüpft unter meinen Morgenmantel. Keine Sekunde später rast ihr Bruder ums Eck und bremst scharf. Mit vorwurfsvoller Miene, die Arme in die Hüften gestemmt wie ein Großer, plärrt Sven mich an: »Wo ist die blöde Kuh?«

»Hört sofort zu streiten auf!« Ich sage es schärfer als beabsichtigt. Ihr habt doch nur noch euch, verkneife ich mir. Aber der Junge ist bereits zusammengezuckt. Erschrocken sieht er mich an. Im selben Moment zwickt mich Anna in den Oberschenkel und ich kann die unterdrückte Trauer um Julia herausschreien.

Sven nimmt Annas Hand und führt sie von mir fort. Er hat es begriffen.

Als ich ihr helles Kichern höre, atme ich auf. Schließlich leben wir noch und alles muss weiter gehen. Irgendwie.

Hinter einem aufgesetzten Lächeln verstecke ich die Zweifel. Aus dem Spiegel blickt mir eine anscheinend glückliche Frau entgegen, die gestern von Gabriel, dem Mann, den sie liebt, einen Heiratsantrag bekommen hat.

Er ist kein Mann wie Papa, den ich bisher in allen Kerlen gesucht habe. Ich war getrieben davon. Mit dem Ergebnis, enttäuscht zu werden. Gabriel ist keiner von den Peter Pans, das ist auch gut so! Ich lasse die Wanne voll laufen. Kaum stehe ich mit einem Fuß darin, taucht mein Sohn Max auf.

»Ich ziehe zu Olga«, übertönt er das Rauschen.

Mir schnurrt das Herz zusammen, ich drehe das Wasser ab. »Wegen Anna und Sven?«

Mein Sohn gestikuliert wild, die Zahnbürste steckt in seinem Mund.

»Ich werde dafür sorgen, dass du sonntags deine Ruhe hast.«

Max gurgelt und spuckt ins Waschbecken. »Ich werde neunzehn, Mama!«

»Ja.«

Sein Blick streift mich prüfend.

»Übrigens, lange Haare machen alt, hab ich gelesen.«

Ich drehe den Hahn wieder auf, um heißes Wasser nachlaufen zu lassen. Es gibt Wichtigeres im Leben als lange oder kurze, blonde oder graue Haare. Also wirklich!

Bis ans Ende der Welt

»Auf dich, Marie. Prost!«, sage ich zu mir. Aber der Spiegel hinter der Theke lässt sich nicht einmal mit meinem schönsten Lächeln bestechen. Trotz Dämmerlicht sehe ich kein Jahr jünger aus. Wenigstens strahlt mein Blond wie ein Heiligenschein. Und?

Ich warte und warte auf meine Verabredung, die nicht kommt. Paul ist schon eine halbe Stunde überfällig. Da muss man ja auf komische Ideen kommen, bestimmt hat er mich vergessen.

Plötzlich stößt mich jemand gegen den Ellenbogen. Ein Typ wie aus einem schlechten Film. Zudem trägt er einen Lodenjanker! Er ist mindestens zwanzig Jahre älter als ich.

»Cheerio«, sagt er mit feucht glänzenden Augen und hebt das Glas.

»Prost«, erwidere ich trocken. Unglaublich, jetzt stiert er mir ins Dekolleté.

»Ganz zauberhaft, Gnädigste!«

Marie, denke ich, sei doch nicht so hochmütig, einen guten Geschmack hat er ja. Das Kompliment wirkt. Wie auf Wolken schwebe ich zur Toilette.

Dort entblößt aber die grelle Beleuchtung das ganze Ausmaß meiner siebenundvierzig. Zum Trotz ziehe ich die Lippen nach, knallrot. Das ist seit Ewigkeiten meine Farbe. Eben. Ist ihre Zeit gekommen? Vielleicht besser altrosa? Ach was! Diese dummen Gedanken kommen nur, weil ich hier herumstehe wie bestellt und nicht abgeholt.

Der Landedelmann hat auf mich gewartet. Entflammt fragt er: »Werden wir heute noch etwas unternehmen, Gnädigste?«

Ich schaue auf die Uhr, es wird langsam ungemütlich.

Als er nach meiner Hand greift, habe ich endlich genug und rufe »zahlen«. Sieht man es mir so deutlich an, dass ich versetzt worden bin? Ich stürze hinaus.

Da steht er vor mir, der Mann meiner Träume. Paul.

»Ich wollte gerade gehen«, sage ich.

»Aha«, antwortet er und macht auf dem Absatz kehrt. Er ist sich wohl zu schade, nicht einmal eine billige Ausrede bekomme ich zu hören, kein Wort der Entschuldigung, stattdessen läuft er voraus. Ich stöckle hinterher, so schnell ich auf dem Kopfsteinpflaster vorwärtskomme. Dabei summe ich vor mich hin. Das mache ich, wenn ich überfordert bin. Mein Sohn Max pflegt in solchen Fällen zu sagen: »Cool down, Mama.«

Am Parkplatz angekommen, hält Paul mir die Tür seines knallroten VW-Käfers auf und wartet, bis ich mich auf dem Sitz eingerichtet habe. Das entschädigt mich etwas. An der nächsten Kreuzung trifft mich sein Blick.

»Wohin fahren wir eigentlich?«

»Ans Ende der Welt«, antwortet er, als es grün wird. Sehnsüchtig lehne ich mich zurück und gedenke der tapferen Ritter, die sich am Ende der Welt mit den Ungeheuern herumschlagen.

Plötzlich reißt Paul das Lenkrad herum.

»Warum konnten wir uns nicht bei Carlo treffen? Warum jagst du mich durch die halbe Stadt?«

Bumm! Die Realität hat mich wieder. Allein die Suche nach einem Parkplatz hat meinen Helden besiegt. Mir wird bang. Ob er überhaupt aushält, was ich mit ihm noch vorhabe? Er hat ja keine Ahnung. Unsere neugierige Clique kann ich jedenfalls dabei nicht brauchen. Ich muss mit Paul alleine sein. Schließlich bin ich in ihn verliebt. So lakonisch wie möglich antworte ich: »Wollte halt mal was anderes sehen.« Es ist nicht der richtige Moment für ein Geständnis.

Da, endlich eine Lücke und direkt vor der Kneipe.

»Hier ging ich früher ein und aus«, sagt er heldenhaft.

»Aha.«

Das »Ende der Welt« macht seinem Namen wirklich alle Ehre. Die heraustorkelnden Gäste sehen jedenfalls danach aus. Wir schieben uns hinein. Hier drinnen brauche ich mir keine Zigarette anzuzünden, einatmen genügt.

Über der Theke baumelt ein Motorradreifen. Durch den Raum dröhnt Metallica aus den Boxen, mitten in meinen Leib hinein. Wahnsinn!

Nur die Augenklappe der Barmaid ist für meinen Geschmack etwas zu dick aufgetragen.

»Ist echt«, sagt Paul grinsend. Er hat mich beobachtet und bestellt kopfschüttelnd Bitter Lemon. Ich bleibe beim Wein. Ein Zweimeter-Mann, ganz in Leder, boxt ihm auf die Schulter.

»Und, wie haben wir's, Flieger?«, brüllt er.

Was bedeutet das?

»Wer auf dem Hinterrad mit hochgezogenem Lenker fahren kann, ist ein Flieger. Große Auszeichnung bei uns«, erklärt Paul bereitwillig, als könne er Gedanken lesen.

Dazu fällt mir wieder nur »Wahnsinn« ein. Aber das Kichern ist mir vergangen, ich fühle mich seltsam in der Rockergemeinde. Stattdessen huste ich, tatsächlich kratzt es in meiner Kehle. Paul schlägt mir auf den Rücken.

»Lange her«, murmelnd setzt er zu einem tiefen Schluck an.

Er hat nie erwähnt, dass er Harleyrider war.

Als ihm der nächste Ledernacken die Faust ins Kreuz schlägt, untermalt mit: »Servas Champ«, und

14

mein Paul prustend antwortet: »How do you do with the Gummischuh«, bestelle ich Tequila. Den kann ich doch nicht meinem Sohn vorstellen! Allein der Gedanke daran verschafft mir eine Schwitzattacke. Max würde sich schieflachen. Nie und nimmer!

Schon werden wir wieder gestört. Andere sonderbare Gestalten kommen vorbei, um Paul zu begrüßen. Er wird gedrückt und lauthals auf den neuesten Stand gebracht. Meine Ohren pfeifen. Es ist zwecklos, dass ich mich einbringe. Außerdem weiß ich gar nicht, was ich sagen soll. Aber langsam habe ich genug. Plötzlich gibt Paul das Zeichen zum Aufbruch. Er zwinkert mir zu und wir verabschieden uns von der Harley-Jenny.

»Wohin jetzt?« Überwältigt von so viel frischer Luft breche ich in einen Hustenanfall aus.

Paul hält mich fest und knabbert an meinem Ohr.

»Zu dir«, sagt er heiser.

So nah war ich ihm noch nie. Durch den Zigarettengeruch erheische ich einen Anflug von Brut. Nicht zu fassen. Das war Papas Rasierwasser, er roch nach Brut und Seife. Paul erinnert mich daran, wie sehr er mir immer noch fehlt. Um sein Leben zu verlängern, hätte mein Vater auf Alkohol verzichten müssen. Kurz bevor er starb, sagte er, »ohne Bier und Schnaps? Was bringt dann ein weiteres Jahr?«

Er war nicht nur Trinker, er war auch Charmeur und ein verdammt guter Regisseur. Nach seinem

Tod sind mir genug Kerle begegnet, die trinken, aber keiner kam an Papa heran.

Sobald Paul in meinem Wohnzimmer steht, sagt er: »Ich kann nicht lange bleiben.«

Auf diesen Schreck hin schleudere ich meine Hochhackigen, die ich in Aussicht auf Kommendes bereits ausgezogen habe, unters Sofa und sause in die Küche, um Wein zu holen und Wasser für ihn.

Paul steht immer noch an derselben Stelle.

»Setz dich doch«, sage ich, endlich sind wir mal alleine, wenn wir Max nicht wecken, und lege die DOORS auf, drehe aber so leise, dass von der Elektrogitarre nur noch ein Zirpen zu vernehmen ist.

Ich lächle in Pauls Gesicht, er sieht auf einmal müde aus. Hoffentlich liegt das nicht an mir. Schnell gieße ich die Gläser voll und setze mich neben ihn aufs Sofa. Er sagt immer noch nichts.

Ich proste ihm zu.

»Magst du die DOORS auch so gerne?«

»Ja, die mag ich auch.« Dann verstummt er wieder.

»Alles okay?«

»Ich geh dann mal«, sagt Paul.

Ich hüstle, beinahe hätte ich mich verschluckt.

»Trink wenigstens aus.«

»Bitte, Marie.«

Ich lache leider schrill statt betörend, und Paul erhebt sich. Mein Seufzer begleitet ihn zur Tür. Er dreht sich um.

»Wir holen es nach, okay?« Dann streicht er sich mit dem Ringfinger über die Stirn.

Außer Papa beherrschte keiner diese Geste. Ich kann nicht anders, ich schmachte Paul an. Offensichtlich wird ihm angst und bang. Er pustet mir einen Kuss zu und weg ist er. Ohne ein Wort darüber, wann wir uns wiedersehen. Ich renne ihm nach, lehne mich übers Geländer.

»Bei Carlo«, rufe ich ins Stiegenhaus.

Die Platte ist zu Ende. Ich drücke mich ins Sofa, summe. Vielleicht hätte ich meine Schuhe nicht ausziehen sollen? Wird schon noch.

Paul als Romanheld

»Ist das geschäftlich?«, fragt Mona, meine Chefin.

Ich lege die Hand über meine Notizen. »Ich mache Mittagspause!«

Während des Weihnachtstrubels verbringen wir unsere Pausen im Laden. Das ist mein Alibi, es hat sie ausgeknockt. Sie widmet sich ihren Kunden und ich kann nun legal an meinen Aufzeichnungen über Paul weiterschreiben.

Mein alter Freund Anton hat ihn eines Abends in Carlos Kneipe angeschleppt. Sofort gehörte er dazu und ich habe mich auch sofort in ihn verliebt.

Er entspricht aufs Haar dem Typ Mann, um den ich einen Bogen machen sollte. Männer wie er, die sich verdammt cool geben, sind schädlich für mich, denn sie rauben mir den Verstand. Paul allerdings strahlt charismatische Coolness aus, ohne den Eindruck zu vermitteln, irgendeiner Sucht zu frönen, was mich wiederum ermutigte, keinen Bogen um ihn zu machen. Aber leider sah er mich neutral an wie jede aus unserer Clique, da konnte ich mich noch so herausputzen und noch so tiefsinnige Kommentare von mir geben. Immerhin tröstete es mich, dass er alle seine Feierabende bei Carlo verbrachte. War ich zuvor ein-, zweimal die Woche in der Kneipe gewesen, rannte ich nun jeden Tag nach Geschäftsschluss ums Eck dorthin.

Zu Hause ergänze ich meine Notizen um das wenige, was ich sonst noch weiß.

Paul hat Informatik studiert und war Programmierer bei einer internationalen Speditionsfirma. Bald darauf heiratete er die Tochter des Generaldirektors und übernahm die Leitung des Rechenzentrums. Seine Angetraute, die Inge, schenkte ihm zwei Söhne. Und auch sonst war alles nach ihrem Kopf gegangen. Sei es die Farbe der Teppichböden oder der Stil der Couch. Ihr Kaufrausch wurde unersättlich, sagte Paul und gegen das überzogene Konto hatte ihm nur Arbeit, Arbeit und Arbeit geholfen.

Während er uns bei Carlo sein Leid klagte und auch darüber räsonierte, dass sich Inge bald einen Liebhaber nahm, kam ich auf die Idee, einen Roman über ihn zu schreiben. Den Titel hatte ich auch schon parat: »Mit mir wäre dir das nicht passiert.«

Ernsthaft interessiert bat ich ihn um ein Date und er sagte zu. Gegen die Eindringlichkeit in meiner Stimme war er machtlos. Und plötzlich hat er mich mit anderen Augen angesehen. Genauso, wie ein

Mann eine Frau betrachtet, wenn er sich weitere Möglichkeiten überlegt.

»Gut«, sagte Paul einfach und »wann?«

Das verblüffte mich derart, ich wäre beinahe umgefallen.

Ich lege mein Notizbuch im knallroten Ledergewand beiseite. Die Blätter sind vollgeschrieben, meine Hand ist verkrampft.

Für den ersten gemeinsamen Abend hatte ich eindeutig übertrieben. Aber jetzt, nach der Sache mit dem Ringfinger, bin ich nicht mehr in der Lage, einen Gang zurückzufahren. Wie sagte Scarlett O'Hara so treffend? »Morgen ist auch noch ein Tag.« Egal, ob es auf Paul passt.

Blutende Herzen

Es ist kurz vor Weihnachten, mit klirrendem Frost hält der Winter Einzug. Dafür bleibt der Schnee aus. Paul auch. Bei Carlo weiß keiner etwas. Natürlich denke ich nicht unentwegt an ihn, die Arbeit im Buchladen verlangt mir viel Aufmerksamkeit ab, nur hin und wieder drängt sich mir Pauls Geste mit dem Ringfinger vor Augen.

Nicht, dass ich nicht genug am Hals hätte.

Max windet sich in Liebeskummer. Meine Schwester Julia versucht vergeblich, aus dem Vater ihrer Kinder einen verantwortungsbewussten Menschen zu machen. Und Mama, die sich von einer glamourösen Schauspielerin in eine fürsorgliche Großmutter verwandelt hat, muss ich trösten, weil sie nicht helfen kann. So bleibt mir für meine Flausen nicht viel Raum. Am Telefon höre ich mir Julias neueste Katastrophenmeldung an.

»Jetzt ist endgültig Schluss!« Sie heult los, da läutet es an der Tür.

»Ich rufe dich später wieder an, schnäuz dich einstweilen«, sage ich.

Es ist der Briefträger mit einem ausgebeulten Kuvert. Er moniert fünf Euro Nachgebühr. Ich suche nach Kleingeld, kann aber keins finden. Der Eilbrief ist von Paul, ich weiß es genau. Der Bote wird ungeduldig, er will die Sendung mitnehmen, ich stülpe sämtliche Taschen um, da, in Max' Jacke klimpert es. Bestimmt ist es Zigarettengeld, ich habe ihm doch verboten zu rauchen. Aufatmend zähle ich dem Beamten die Münzen in die Hand.

Ein Herz aus rosa Plastik. *Ich liebe dich*, steht in Gold darauf. Kein Absender, aber es ist von Paul. Ich hänge es um den Hals meiner Schreibtischlampe.

ICH LIEBE DICH – also.

Julia hebt nicht ab. Ich rufe Mama an wegen meiner Angst um sie. Am Ende tröstet sie mich. Anschließend gehe ich zu Max und will ihn trösten.

»Ist schon gut«, antwortet er.

Ich fülle die Waschmaschine und dann ist das Abendessen dran. Max hat sich Tafelspitz gewünscht. Papas Lieblingsgericht. Nächsten September ist sein zehnter Todestag.

Die letzten Jahre verbrachte er mit einer anderen Frau in einer anderen Stadt. Von Mama hatte er sich scheiden lassen. Wir hatten keine Ahnung, dass er ernsthaft erkrankt war, erst zum Schluss gab er der Klinik meine Telefonnummer. Der Arzt rief an, als Papa gestorben war. Max, er war sechs Jahre alt, hatte das Gespräch entgegengenommen.

Es hat beim Trauern geholfen, dass ich zuerst für mein Kind da sein musste.

Mama, Julia und ich fuhren mit dem Nachtzug zur Beerdigung. Wir erzählten uns Geschichten über Papa. »Weißt du noch, wie komisch er den Erlkönig rezitierte oder wenn er stolpern spielte oder einen imaginären Pfirsich aß, als würde der Saft heruntertropfen.« Wir steckten das ganze Abteil mit unserem Lachen an. Kaum war eine Geschichte zu Ende, begann eine neue: »Weißt du noch, wie Papa …«

Im Spital sollten wir seine persönlichen Dinge erhalten. Sie lagen, so wie er sie zurückgelassen hatte, in dem Zimmer seiner letzten Tage. Ein Drehbuch, unvollendet. Die Missa-Solemnis-CD, die ich ihm irgendwann geschenkt hatte. Ein Goldkettchen mit dem Muttergottesanhänger. Das Brillenetui. Als ich die Hornbrille herausnahm und durch die dicken Gläser schaute, durch die er mich so oft angesehen hatte, weinte ich los.

Mein Bruder Jonas stand neben mir am Grab. Wir hatten uns über zehn Jahre nicht gesehen. Nun spürte ich ihn so nahe, seinen Versuch, das Zittern der Seele, das den Körper beutelte, zu beherrschen. Ich griff nach seiner Hand. Er war mein kleiner Bruder, es gab nichts mehr, was uns trennte.

Ich übernachtete bei ihm, während Mama und Julia gleich nach Wien zurückfuhren. Wir schliefen aber nicht, sondern redeten und weinten und redeten. Dann lachten wir. Das hatten wir seit der Kindheit nicht mehr getan.

»Kannst du dich erinnern, wie du nicht sprechen wolltest?«

»Aber Marie, wie sollte ich? Ich weiß nur, wie wir uns in der Volksschulzeit daheim durchs Vorzimmer geprügelt haben.«

Ich vermute heute noch, er wusste es genau, wollte aber von mir erzählt bekommen, wie er als kleines Kind war.

»Du warst bereits drei, Jonas, du fauler Sack! Unsere Eltern waren fertig. Klar, eine Schauspielerfamilie, und der Kleine watschelt durch die Gegend und machte: Schu-schu, eititi, puh …«

»Und du warst immer schon eine Angeberin!«

Ich zauberte einen überraschten Ausdruck in mein Gesicht. »Pah! Ich war einfach hochbegabt, Bruderherz. Mit vier konnte ich lesen.«

Sein Grinsen war geradezu unflätig.

»Wie habe ich nur vergessen können, was du für eine Komikerin bist!«, sagte er. Noch immer nahm er mich nicht ernst.

»Mama konzentrierte sich auf die Laute, die aus dir herauskullerten. Nach intensivem Studium übersetzte sie: Er meint eine fahrende Dampflok, da bin ich mir ganz sicher. Du hast eifrig wiederholt: Schu-schu, eititi, puh …«

»Hör schon auf, Marie«, sagte mein Bruder.

Wir lümmelten auf seiner Couch herum und tranken heiße Schokolade. Wie früher war das, ehe wir uns im Zuge der Trennung unserer Eltern zerstritten.

Ich konnte natürlich nicht aufhören. »Erinnerst du dich an das Ferienhaus, Jonas?«

Er zwickte mich ins Knie. »Was kommt denn jetzt wieder?«

»Juli und August waren wir immer dort. Das Haus hatte dicke Steinmauern, uralt war es und feuchtkalt. Das Gras auf den Futterwiesen wuchs so hoch, dass wir zwei wie in einem Wald für Stunden verschwinden konnten. Mama und Oma haben uns nie gefunden darin, weißt du noch?!«

Ich sah Jonas an, dass er sich nicht erinnern konnte, er war damals zu klein gewesen.

»Papa war ja damit beschäftigt, im Sommer Heimatfilme für seine Firma zu drehen, wenn die Almen grün und saftig, das Wetter stabil und die Schauspieler braun gebrannt waren. Ich liebte die Kühe, Katzen, alle Tiere auf dem Bauernhof. Aber du ranntest ins Haus, sobald ein Tier näher als fünf Meter herankam. Schmetterlinge hast du gerade noch geduldet. Hühner waren deine ganz speziellen Feinde.«

»Die kann ich heute noch nicht ausstehen«, brummte er und schüttelte sich.

»Du hast sie so sehr gefürchtet, dass du wie ein Brandmelder heultest, sobald sich eins näherte. Aufgeregt brülltest du: Piep, piep, hack, dudu, puh. Unsere Oma und Mama haben sich seufzend angesehen, und ich dachte damals, dass ich einen Idioten zum Bruder hätte.«

Als ich Jonas das lachend erzählte, boxte er mich tatsächlich auf den Oberarm und ich sah hinter dem Schmunzeln, dass er immer noch jähzornig war.

»Dann löste ein Schock deine Zunge«, sagte ich schnell. »Eines Morgens bist du aufs Fensterbrett geklettert und in den Teil der Wiese geplumpst, den gerade die Hühner bearbeiteten. Wir suchten das ganze Haus ab, schrien nach dir. Irgendwann hörten wir dich kreischen: Omi, Mami, ich bin im Gras! Da saßest du, umzingelt von deinen Todfeinden. Ab da hast du gesprochen.«

Ich nahm den Frühzug zurück nach Wien. Der Tod hat auch etwas Gutes: Er verbindet die Trauernden.

Als Max und ich beim Abendessen sitzen, ruft Julia an, ihre Stimme vibriert.

Ich fahre sofort los.

Sie sieht elend aus.

»Ich habe Chris rausgeworfen«, sagt sie mit fiebrigen Augen, »bist du stolz auf mich?«

Keine Ahnung, ob ich lachen oder weinen soll.

Julia zittert, ich drücke sie fest an mich und spüre, dass sie nur noch Haut und Knochen ist. Ich schmiere ihr Brote, zwinge sie ihr zwischen die Zähne.

Später, als wir eine Flasche Sekt trinken, weinen wir immer noch. Bis in die frühen Morgenstunden sitze ich an ihrem Bett, sie ist eingeschlafen, bald kommt ihre Freundin mit den Kindern. Während ich warte, bettle ich das Schicksal an, dass Julia diesen verdammten Chris wirklich aufgeben wird. Auch wenn er der Erzeuger ihrer Kinder ist, lässt sich nicht schön reden, dass er mit Drogen dealt und Julia abhängig gemacht hat. Ich flehe, bis die Kinder kommen und Julia wecken. Müde mache ich mich auf den Rückweg.

Mir brummt der Kopf auch am späten Nachmittag noch, an der Lampe baumelt das Herz.

Das Telefon läutet.

»Ich bin nicht da«, zische ich.

Max nimmt ab.

»Ein Paul war dran«, sagt er.

Es hämmert in meinem Kopf, gleich zerspringt er. Ich muss augenblicklich etwas unternehmen, die Trägheit abschütteln und Paul finden. Er ist sicher bei Carlo. Ich haste zum Kleiderschrank. Wie im Fieber reiße ich die engsten Jeans und den schulterfreien Mohairpullover vom Haken. Ich muss umwerfend wirken, dazu die neuen Stiefeletten, und alles in Schwarz zu dem blondierten Haar. Der pure Wahnsinn!

Mit zwei weiteren Aspirin und dem Ohrgehänge bin ich bestimmt Siegerin des Herzens.

Auf dem Weg zu Carlo sticht der eiskalte Wind in meinen Nacken und beinahe wäre ich umgekehrt. Aber mein Auftritt wiegt sogar die erfrorenen Zehen auf. Mein Gott, bin ich schön! Eine Chance gebe ich Paul noch, immerhin hat er versucht, mich zu erreichen. Ich linse durchs Lokal. Hinter meinem aufgesetzten Lächeln macht sich die Enttäuschung breit, er ist nicht da!

»Wodka!«, rufe ich Carlo zu. Ich hebe das Glas.

Einem Kerl in den Zwanzigern, der auf den leeren Stuhl neben sich starrt, schenke ich ein bezauberndes Lächeln inklusive Augenaufschlag. Er kommt zu mir rüber und schwört den heiligen Eid, dass ihn nur reife Frauen ab Mitte vierzig interessieren. Besonders die vom Typ Vamp, wie ich einer bin.

Ich nehme ihn mit. An meiner Brust nuckelnd, schläft er süß und selig ein.

Beim Frühstückskaffee unterhält er sich mit Max über experimentelle Literatur. Ich trinke Kamillentee und lausche mit großem Interesse; glaubte ich doch bis jetzt, dass Max außer dem Fernsehprogramm so gut wie nichts liest.

Das Telefon reißt mich aus meinen Beobachtungen. Wer ruft schon am Sonntag in der Früh an?

»Soll ich?«, fragt Max.

Ich renne los. Diesmal bin ich schneller.

»Guten Morgen, Marie! Wie geht's dir?«

Mir bleibt die Luft weg und meine Knie zittern.

»Hast du meinen Brief bekommen?«

»Danke. Dein Herz hängt an meiner Schreibtischlampe.« Ich fange an zu kichern.

»Wenn du nichts vorhast, käme ich am Nachmittag vorbei. Vielleicht lerne ich bei der Gelegenheit deinen Sohn kennen.«

»Passt«, sage ich, »bis dann« und will auflegen, ehe er es sich anders überlegt.

»Marie! Vielleicht fragst du ihn erst.«

»Max, wäre es okay für dich, wenn Paul zum Kaffee kommt?«

»Was?!?«, schreit er vom anderen Ende der Wohnung.

»Ja, er freut sich auf dich«, flöte ich.

»Ich mich auch auf ihn.«

Na bitte, geht doch!

Mir bleiben zwei Stunden, um den jungen Poeten und meine Kopfschmerzen loszuwerden, einen Kuchen zu backen und mich aufzupeppen. Sechs Stunden wären mir lieber.

Erstes stellt sich als unkompliziert heraus. Er sagt, man könne sich ja mal wiedersehen, er müsse jetzt ohnehin nach Hause. Wahrscheinlich wartet die Mama mit dem Sonntagsbraten. Er meint noch, dass er sich eine weitere Nacht in meinem genialen Bett vorstellen könnte, er hätte fantastisch geschlafen.

»Daraus wird nichts«, sage ich, »mein Ehemann ist sehr eifersüchtig.« Verlogen grinse ich ihn an.

»Wer kommt zum Kaffee?«, fragt Max, nachdem wir allein sind.

»Ein Typ vom Carlo.« Ich schütte Vitaminsaft in mich hinein.

Mister Clever runzelt die Stirn. »Warum?«

Ich lächle ihn verklärt an.

»Sag was, Mama!«

Ach ja, es geht um Paul. Wenn ich seine Stimme höre, durchströmt es mich heiß und kalt. Dagegen bin ich wehrlos, ich bin nur noch von Sehnsucht erfüllt.

»Du wirst ihn kennenlernen«, antworte ich.

Eine Feuchtigkeitsmaske wird meinen müden Teint auffrischen und die Faltentiefe mindern, nicht sichtbar, aber fühlbar. Zu glätten sind sie nicht. Jede einzelne erzählt eine Geschichte, sagt Mama. Na ja.

Bis auf einen Hauch Rouge bleibe ich heute nature. Dazu das smaragdgrüne Kleid aus Chenille, das mit der Empiretaille; immerhin kommt mein Traummann zu Besuch, nicht wahr?

Ich schwebe zur Tür, als es klingelt.

»Komm, Geliebter«, sage ich, ehe ich öffne.

Paul drückt mir einen Weihnachtsstern in die Hand.

»Was sagst du?«

»Ach nichts.« Meine Stimme klingt eine Nuance zu schrill, ich versuche es einen Ton tiefer, »Ein roter Weihnachtsstern! Wie schön! Vielen Dank.«

Er haucht mir einen Kuss auf die Wange. Seine verhaltenen Zärtlichkeiten strapazieren langsam meine Nerven. Ich bitte ihn in die Küche, wo es nach Zimtkuchen duftet. Vor einer Minute habe ich ihn aus dem Ofen geholt.

Ich deute auf die geschnitzte Eckbank. »Nimm doch Platz!«

Für das spröde Wiedersehen nach langer Zeit ist der hölzerne Stil genau das Richtige.

Pauls Nadelstreifen und die Seidenkrawatte über dem weißen Hemd bilden einen aufregenden Kontrast zu dem neogotischen Schnitzwerk. Er sitzt etwas verkrampft da, schaut jedoch feierlich drein. Ach, diese Locken! Bevor ich schwach werde, stelle ich erst einmal den Blumentopf ab.

»Richtig weihnachtlich, nicht wahr?« Ich strahle ihn an.

Paul zieht ein Kuvert aus dem Sakko.

»Wo ist denn dein Sohn?«

»Max kommt zum Abendessen. Du bleibst doch so lange?«

Mir wird ganz heiß unter seinem kritischen Blick.

»Wann setzt du dich eigentlich«, sagt er.

»Gleich«, antworte ich und drehe mich schwungvoll zum Herd. Der Kleidersaum bleibt an einem der Schnörkel hängen, die liebreizende Taille reißt entzwei.

Paul grinst. Ich spüre, wie mir die Hitze den Hals hinaufsteigt, verschwinde ins Schlafzimmer und kehre in Jeans und Pullover zurück. Inzwischen hat er den Kuchen angeschnitten und Kaffee eingeschenkt.

Ich klatsche in die Hände.

»Marie?« Er stellt das Milchkännchen ab.

»Paul?« Ich setze mich.

»Du bist heute so seltsam.«

»Wieso?«

»Sag du es mir.«

Was will er hören? Verdammt gut sieht er aus, die

blaugrauen Augen, das dunkelbraune Haar, soll ja selten vorkommen in der Natur.

»Färbst du dir die Haare?«, frage ich.

Paul verschluckt sich, er hustet. »Nein! Du bist heute richtig …«

Ja? Was? Sag es schon endlich, zum Kuckuck. Hinreißend? Atemberaubend? Faszinierend?

»Infantil.«

Ich bemühe mich, möglichst gleichgültig zu wirken, zerkrümle das Stückchen Kuchen auf dem Teller.

»Entschuldige«, sagt Paul.

»Ich mag dich und das macht mich nervös. Punkt!«, sage ich.

Wie er lächeln kann und dann diese Locken! Ich mache mich bereit für einen richtigen Kuss, da streckt Max den Kopf zur Tür herein. Wie ertappt springe ich auf, fuchtele in Pauls Richtung.

»Das ist Max. Max – Paul.«

Ich weiche aus der Schusslinie an den Herd, mache mich daran, den Eintopf zu wärmen. Hinter meinem Rücken ist es verdammt still, ich wage nicht, mich umzudrehen.

»Hi«, von Max.

Endlich!

»Hi, freut mich«, die Antwort von Paul.

Und? Ich fahre herum.

»Na, ist doch richtig nett, dass du noch rechtzeitig

zum Essen nach Hause gekommen bist!«, strahle ich ihn an.

Max sieht auf die Uhr. »Es ist erst sechs.«

Paul nickt. »Schon ein bisschen früh. Wir haben gerade erst den köstlichen Kuchen ...« Er verstummt.

»Ach, ich wärme das ganz langsam. Max, Kaffee? Setz dich doch zu uns!« Ich fühle mich abscheulich.

Der Junge kann vielleicht schauen! »Hol mich dann zum Essen, ich hab was zu tun«, sagt er.

Als er draußen ist, lässt Paul die Luft laut heraus.

»Wird schon. Er ist im schwierigen Alter. Wo waren wir gerade?« Er kommt auf mich zu. Ich schmelze dahin, schließe die Augen und öffne meine Lippen.

»Ich geh mal rüber zu ihm,« sagt Paul, als ich wieder aufschaue.

»Links hinten ist sein Zimmer, die dunkelblaue Tür ...«

»Ich finde deinen Max schon.«

Eine gute halbe Stunde nage ich an den Fingernägeln, decke den Tisch, rühre im Essen und höre nichts von den beiden. Dann wage ich ein »Zu Tisch« in den Flur zu rufen.

»Wir kommen!« Ein Männerduett schallt mir entgegen.

Angeregt plaudernd setzen sie sich an den Tisch. Es geht um irgendwelche Musikgruppen, die mir nichts sagen. Beim indischen Eintopf hauen sie rein.

»Schmeckt's?«, frage ich. Vielleicht nehmen sie ja noch Notiz von mir.

Sie nicken, na ja.

Nach dem Essen überreicht Paul sein Kuvert. Max öffnet es.

»Boah, super, Mann«, sagt er.

Eine Autogrammkarte einer Techno-Band. Aha.

Nachts, als es still ist, lasse ich den Tag Revue passieren. Die männlichen Hauptpersonen in meinem Leben mögen sich.

Wahnsinn!

Stille Nacht, heilige Nacht

Ob Papa Paul gemocht hätte?

Auf den ersten Blick lehnte er jeden ab, den ich anschleppte, ich musste ihn umstimmen, das bereitete ihm die größte Freude. Zunächst brüllte er.

»Was? Mit dem? Dann fahre ich weg, ich will ihn nicht sehen!«

»Papilein«, sagte ich.

Ich bin mir heute noch sicher, er wartete gespannt, wie ich weiter vorgehen würde, dachte in solchen Momenten daran, dass ich bei ihm Schauspielunterricht hatte und seine begabteste Schülerin war. Noch ein »Papilein« und er blieb, »Na ja, weil Weihnachten ist.«

Ich war achtzehn, er lebte bereits mit der anderen Frau, und wir sahen uns kaum noch. Trotzdem war er schrecklich eifersüchtig auf die Freunde von Julia und mir. In meinen pubertären Albträumen sah ich ihn gegenüber der Disco im Hauseingang lauern, die Pumpgun im Anschlag.

Einen, den Papa zuerst als Rocker beschimpft hatte, später mit ihm soff, heiratete ich schließlich. Es wurde eine altmodische und feierliche Hochzeit. Mein Kleid war weiß und wir bekamen eine Menge

Haushaltsgeräte geschenkt. Ich ahnte schon, dass es schief gehen würde, während der Pfarrer auf mein Ja-Wort wartete. Filmbräute schmettern in solchen Momenten ein ultimatives »Nein!« und rennen aus der Kirche. Ich tat es nicht.

Max und ich schmücken den Weihnachtsbaum. Dazu hören wir die Missa Solemnis und ich summe mit.

»Mama, hör damit auf«, sagt Max, »die Musik reicht mir.«

»Es war die Lieblingsmesse deines Großvaters.«

Er kaut auf einem der zu lange gebackenen Spekulatiusplätzchen herum. Als ich die Kekse wegwerfen wollte, sagte er: »Denk an die Kinder in Afrika!«, und seither isst er täglich ein paar davon.

»Du hast deinen Vater sehr lieb gehabt.«

»Ich habe ihn über alles geliebt.«

»Du hättest ihn gern immer noch.«

Die blöden Tränen lassen sich nicht zurückhalten.

Mein Sohn tut so, als sei nichts, in seinem Alter ist es schwer zu trösten. Weihnachten ist schrecklich ohne Papa. Ich schnäuze mich und Max sieht erleichtert aus, weil ich mich auf meine Überlegenheit als Erwachsene besinne und ihn anlächle. Wir hängen Strohsterne, Wachsäpfel und Glaskugeln an die Zweige. Im Rohr schmort eine gefüllte Ente. Zur vollendeten Glückseligkeit fehlt nur Paul.

Er feiert bei seiner Mutter. Aber viel später wollen wir uns bei Carlo treffen.

Mittlerweile trudeln Mutter und Julia mit den Kindern ein. Ich lasse das Glöckchen erklingen, das Fest ist eröffnet.

Nach der Bescherung reißt der siebenjährige Sven dem Geschenk seiner Schwester ein Bein aus. Anna, die fünf ist, brüllt wie am Spieß, schließlich drischt sie mit der versehrten Puppe auf seinen Kopf ein. Julia bekommt den Mörderblick, unsere Mutter versucht es pädagogisch. Allerdings steigert ihr Lehrerinnenton die Wut der beiden Brüllaffen ins Unermessliche. Ich gieße mir einen Brandy ein.

Auf einmal rennt Max hinaus und kommt, »Tatü, tata, die Rettung ist da«, mit einer Tube Superkleber zurück. Nachdem er das Bein bandagiert hat, drückt Anna die Puppe leise schluchzend an sich.

Nach dem Essen ziehen alle wieder ab, gut ist es gegangen. Ich hatte mein Date schon abgeschrieben in dem Chaos und mache mich nun, beschickert, wie ich bin, doch noch auf den Weg.

Bei Carlo ist es voll und laut. Paul kommt mir mit zwei Sektflöten entgegen.

»Frohe Weihnachten«, flüstere ich gerührt.

Tagelang habe ich über das passende Geschenk nachgedacht. Ich überreiche ihm das Päckchen und er drückt mir ein Kuvert in die Hand.

»Mach auf«, sagt er.

Ich reiße den Umschlag auf. Konzertkarten für Iggy Pop, Paul denkt bis zum Sommer!

»Oh! Das ist ja großartig«, juble ich.

Er wickelt das Parfum aus. »Brut?« Er sieht mich irgendwie merkwürdig an. »Danke.«

Was ist? Freu dich doch!

Dann sagt er, während er mein Geschenk auf den Tisch legt: »Interessant, wie gut du dich mit Männerdüften auskennst.« Abwartend starrt er mich an.

Eifersüchtig? Das ist gut! Ich kann ihm nun nicht sagen, dass es Papas Duft war.

»Zufallstreffer.« Ich grinse wie ein Schaukelpferd und fühle, dass er mir nicht glaubt. Soll er mich nur für das begehrenswerteste Wesen von ganz Wien halten.

Nach der Sperrstunde trage ich wieder einen Wangenschmatz nach Hause. Vielleicht muss es Sommer werden, bis Paul auftaut.

Brachliegend

Julia versucht einen neuen Anfang. Ich zittere darum, dass sie es schafft. Ich könnte vor Rührung heulen, so akkurat ist ihre Wohnung aufgeräumt, die Wäsche liegt zusammengefaltet im Schrank, anstatt auf sämtlichen Stühlen verteilt. Aber immer noch Reggae aus den Boxen, das macht mich misstrauisch. Kiffen und Reggae sind stets Kombination in diesem Haushalt gewesen.

»Na, was sagst du, Schwesterlein, hab ich das nicht toll gemacht?« Julia stupst mich aus meinen sorgenvollen Gedanken.

»Wow, sogar die CDs sind einsortiert«, lobe ich pflichtschuldig und blicke mich erneut Bewunderung zeigend um. Mit Chris hat sie offenbar auch den riesigen Plüschbären entsorgt, der den Kindern bestenfalls noch als Kletterturm diente. Chris kaufte ihn zu Svens Geburt. Ein wahrlich passendes Geschenk für einen Säugling in einer kleinen Wohnung.

Dafür muss Paul jetzt herhalten. Anna krabbelt auf ihm herum, sie hat sich in sein wuscheliges Haar gekrallt, während Sven ihn interessiert anstarrt.

»Du bist der neue Mann von Marie?«, fragt er.

Ich versinke.

Pauls Lächeln sieht eingefroren aus.

Anna ist nicht zu bremsen, sie schmiegt ihren Kopf an seinen Hals und streichelt ihm unaufhörlich über die Locken. Paul drückt sie an sich. Sie rutscht ab und tritt ihm zwischen die Beine. Er schreit und Anna schreit auch, sie rennt zu ihrer Mama und vergräbt den Kopf in ihrem Schoß.

Als endlich Schlafenszeit ist, soll dann doch Paul die Gutenacht-Geschichte vorlesen. Julia und ich nutzen die Zeit zum Plaudern.

»Na?«, frage ich.

»Eh«, antwortet sie.

»Ach«, sage ich.

»Gefährlich …«, meint sie.

»Ja«, seufze ich.

Wir beschließen, das Gespräch auf Morgen zu verschieben. Paul kommt und wir essen Spaghetti.

Es klingelt.

»Chris«, sagt Julia, als sei es selbstverständlich. Meinem Blick weicht sie aus. Dafür trete ich sie unterm Tisch gegen ihr Schienbein.

»Schließlich ist er der Vater meiner Kinder«, zischt sie mich an und springt auf.

Paul lässt die Gabel fallen.

»Sollen wir nicht lieber gehen, Marie?«

Ich kippe den Rest Rotwein hinunter.

»Ich kann sie jetzt nicht allein lassen.«

Meine zierliche Schwester neben zwei Metern Chris. Er hebt die Hand zum Gruß. Im Moment trägt er Dreadlocks und einen Mongolenbart. Es ist seine Sache, wie er aussieht, nicht aber, wie er meine Schwester behandelt.

»Hi Sistah, Peace, Brotha!«

Paul reißt die Augen auf, schlägt sich auf den Schenkel.

»Hey, Alter, wir kennen uns doch.«

Christ stutzt, dann grinst er. »Na klar, ey. Von der Schule.«

Es gibt kein Halten mehr, Chris klopft Paul auf die Schulter, mimt den Männerkampf mit gefletschten Zähnen.

Ich zerre Julia in die Küche.

»Bist du übergeschnappt? Du hattest ihn schon raus aus deinem Leben!«

Sie reißt sich los.

»Er ist der Vater meiner Kinder und er tut, was er kann.«

»Ja, klar.« Ich spüle einen Teller, am liebsten würde ich ihn an die Wand schleudern.

»Er bereut es. Ehrlich.«

Ich drücke Julia den nassen Teller in die Hand.

»Und er weiß genau, was ich brauche«, sagt sie mit schiefem Lächeln.

»Idiotin«, antworte ich.

Chris quasselt ohne Punkt und Komma. Er erzählt von seinem jamaikanischen Traum. Vermutlich ist er breit. Paul nickt. Ich höre nicht mehr hin. Ihn interessiert es sowieso nicht, was ich zu sagen habe.

»Hey, Sistah, Rock'n'Roll kenne ich schon ewig.«

Ich wache auf. Rock'n'Roll? Das muss ich genauer wissen, ich mache einen Knopf in mein imaginäres Taschentuch. Leider sagt Chris nicht mehr darüber, er baut sich einen Joint, der für ein Pferd reicht. Er zieht und es dauert ewig, bis ihm der Rauch aus den Nüstern tritt. Ich trinke Wein, Julia klappert mit dem Geschirr und Paul faltet seine Serviette zu Himmel und Hölle.

»Brotha«, sagt Chris langsam und mit halbgeschlossenen Augen. Das Dope wirkt.

In diesem Moment kommt Julia aus der Küche. Sie lächelt mich an, und da ich sie liebe, lächle ich zurück.

»Du hast einen Schatz an Land gezogen, Brotha«, höre ich mit Grauen.

Meine Zunge krempelt sich um den Schluck Wein. Jetzt wird es richtig peinlich werden. Chris zieht und reicht die Pferdekippe an Julia weiter!

»Weil, Brotha«, spricht er, »Marie ist ein brachliegendes Ackerfeld.«

»Genau.« Julia tätschelt mich.

Haben sich denn alle gegen mich verschworen?

»Marie, ich wünsche es dir ja so sehr.«

Meine Zehennägel rollen sich auf.

»Du musst was anpflanzen auf dem brachliegenden Acker, Brotha, es lohnt sich, glaube mir.« Chris beugt sich über den Tisch und sendet eine weitere Beschwörungsformel aus. »Diese Sistah hat viel drauf, aber immer Pech in der Liebe, sie liegt schon lange brach.«

Paul nickt wie ein Wackeldackel und mir reicht es.

»So, Brotha«, unterbreche ich den Schwall, »danke, dass du Paul aufgeklärt hast, jetzt müssen wir aber wirklich gehen.«

»Wie furchtbar, ich fühle mich einfach schrecklich«, sage ich auf dem Weg zum Auto.

»Der spinnt doch, das war schon immer so.« Paul bleibt stehen und nimmt mich in den Arm. Er will mich nur trösten, bestimmt denkt er jetzt, ich sei langweilig, und damit uninteressant für ihn. Im Augenblick fällt mir nichts mehr ein. Wie kann ich das Stigma wieder loswerden? Brachliegend, wie grauenhaft! Von meiner Verwandtschaft habe ich fürs Erste genug. Schweigend steigen wir ins Auto. Ich bin wütend und deprimiert.

Paul fährt mich bis vor die Haustür.

»Möchtest du nach all dem lieber allein sein oder soll ich einen Parkplatz suchen?«

Zum Teufel mit dem Stigma!

Hello, I Love You

»Und das ist mein Ökobett«, füge ich hinzu. Ich kichere schon wieder.

»Was ist so komisch«, fragt Paul.

»Weiß auch nicht.« Ich lege die DOORS auf. »Hello, I love you«, singe ich.

»Du kennst die Songs schon auswendig, was, Marie?«

»Na ja, die meisten Platten gehörten meinem Mann. Seit der Scheidung habe ich nur mehr wenige. Drei, genau genommen.«

Er setzt sich aufs Bett und zieht die Schuhe aus.

»Paul? Ich bin kein brachliegendes Ackerfeld, ehrlich ...«

Er zieht mich zu sich, seine Küsse rauben mir den Atem. Vielleicht will er mir ja nur den Mund stopfen? »Du bist ein wunderbarer Mensch, Marie«, flüstert er.

Was? Ich bin eine Frau! Eine wunderbare, erotische, erregende, ihn zum Wahnsinn treibende, erwachsene Frau!

Am Morgen stelle ich beruhigt fest, dass Paul mein Traummann geblieben ist. Der Traum ist jetzt aus Fleisch und Blut.

»Ich würde dich gern meiner Mutter vorstellen«, sagt er nach dem ersten Schluck Kaffee.

Sollte es nicht besser miteinander bekannt machen heißen? »Ist okay«, sage ich.

»Du hast einen Schlüssel?«, frage ich verwundert, als Paul die Wohnung seiner Mutter aufsperrt.

»Sie ist behindert und braucht manchmal Hilfe.«

Zunächst kann ich sie inmitten des mit Antiquitäten überladenen Zimmers nicht ausmachen. Dann sehe ich den Lehnstuhl am Fenster. Darin sitzt eine zierliche Frau. Unverwandt starrt sie ins Schneegestöber.

»Mama«, sagt Paul mit veränderter Stimme.

Sie dreht ihren grauhaarigen Kopf, verzieht den kleinen Mund zu einem Lächeln. Paul hilft ihr auf. Mit dem gesunden wiegt sie ihren gelähmten Arm wie einen Säugling.

»Nehmen Sie doch Platz, bitte«, sagt sie, mir zunickend. Ich setze mich an den dunklen Tisch, auf dem eine geklöppelte Decke liegt.

»Paul, geh, mach uns Kaffee. Im Kühlschrank liegt eine Biskuitroulade.«

Ich helfe ihm. »Was ist mit dem Arm?«

»Schlaganfall. Sie brach zusammen, als Vater starb; er war zwanzig Jahre älter, ihre Liebe reichte nur für ihn. Mich hat sie ins Internat abgeschoben. Nicht einmal an den Wochenenden sind sie mich besuchen gekommen. Trotzdem wartete ich auf sie. Erst am Sonntagabend, wenn die anderen Schüler zurückkehrten, hörte ich damit auf. In den Ferien musste ich immer sehr still sein, besonders wenn sie Mittagsschlaf hielten.« Pauls Hand zittert, als er den Kaffee aufbrüht.

Wir sprechen über das Wetter. Dann herrscht Schweigen. Die vereinsamte Frau scheint ihren Sohn anzuflehen. Nur das Klirren der Tassen ist zu hören. Ich halte die Spannung kaum aus.

»Kürzlich war Inge mit den Buben da«, sagt sie plötzlich, »ich finde es so nett, dass sie mich nicht vergisst. Eine hübsche Frau.«

»Dann hättest besser du sie heiraten sollen«, antwortet Paul.

Als hätte er sie geohrfeigt, fährt sie zusammen.

»Starr mich nicht so an«, sagt er.

»Ich …«, sagt sie.

Paul schnaubt.

Ich berühre sie an der Schulter. Sie lächelt mich dankbar an.

»Marie!« Pauls schneidender Ton entsetzt mich. »Misch dich nicht ein.«

Mechanisch streichle ich sie weiter. Mit einem Ruck steht er auf. Ich will ihm nach, aber seine Mutter hält mich am Ärmel fest. Sie wirft ihm einen Blick nach, zieht rasch ein kleines, dickes Buch aus der Tischlade.

»Schnell, stecken Sie es ein. Aber bringen Sie es mir wieder!«

Ich bin froh, dass wir die dunkle, überladene Wohnung endlich verlassen. Paul ist stumm und ich denke an das Verhältnis meines Papas zu seiner Mutter, also meiner Großmutter. Nach seinem Tod las ich in dem Manuskript, das neben seinem Krankhausbett lag. Er schrieb: *Kurz vor Mamas Tod lüftete sie das Geheimnis um meinen Vater, dessen Namen ich nie erfahren durfte. Sie lag da, leicht wie ein Kind, den Körper zerfressen und ich lag neben ihr, so wie alle Tage, seit der Arzt gesagt hatte, es ginge nun zu Ende. Das Sprechen fiel ihr schwer, sie lehnte die Morphiumdosis ab, weil sie wach sein wollte. Sie flüsterte: Der Krieg ist lange vorbei und ehe ich gehe, will ich, dass du über deinen Ursprung Bescheid weißt. Dein Vater war Jude. Ich musste dich und mich vor den Nazis schützen und habe ihnen seinen Namen nicht verraten. Ich tat so, als wäre ich ein lockeres Mädchen gewesen, das sich mit verschiedenen Männern eingelassen hätte. Dein Vater war Anwalt in Prag. Ein wunderschöner Mann, charismatisch. Den Charme hast du von ihm. Das Aussehen nicht. Sie lachte leise.*

Wie verschieden Familien miteinander umgehen, mir tut Paul leid, ebenso seine Mutter.

Zuhause bei mir sitzt Paul, immer noch schweigend, auf der Küchenbank. Ich stelle mich neben ihn und lege den Arm um seine Schultern.

»Warum hast du deine Mutter so angefahren?«, frage ich mutig.

»Du musst zu mir halten«, sagt er. Dann schiebt er mich weg. »Warum hast du Mitleid, du weißt nichts von ihr.«

Ich komme mir wie eine Verräterin vor. Sobald er aufs Klo geht, verstecke ich das Buch im Schrank zwischen meinen Skipullovern.

Schneebrunzer und Troglodyten

Max kommt von einem missglückten Date zurück. Ich rieche das. Mein armes Kind. Schweigend setzt er sich neben Paul vor den Fernseher.

»Kann ich etwas für dich tun? Essen? Trinken? Rücken kraulen?«

Er schweigt beharrlich, sieht mich nicht einmal an. So schlimm hat es ihn erwischt. Liebeskummer. Ich schicke Paul in die Küche Kaffee kochen.

»Willst du mit mir allein sein?«, frage ich meinen Sohn.

»Lass es, Mama.« Er schüttelt den Kopf. Dann steht er auf. »Ich werde mir eine Todesart überlegen.«

»Aber hoffentlich für den Schneebrunzer, der dir die Alte ausgespannt hat.« Lächelnd steht Paul mit dem Tablett in der Tür.

Max' Gesicht hellt sich auf.

»Bleib cool«, sagt Paul.

»Schon«, antwortet Max und macht sich mit einem Lächeln auf den Weg, das mich an Gary Coopers Lächeln in *High Noon* erinnert.

Ich kuschle mich an Pauls Brust. »Was ist ein Schneebrunzer?«

»Einer, der seinen Namen in den Schnee pisst.«

»Das hätte gut zu meinem Bruder Jonas gepasst«, lache ich, »ich nannte ihn Troglodyt, um ihm die Macht zu nehmen. Körperlich war ich ihm unterlegen, da halfen nur Worte.«

»Ziemlich gemein, Marie.«

»Als ich dahinterkam, wie jähzornig Jonas war, reizte ich ihn bis aufs Blut. Mit Schaum vor dem Mund jagte er mich durch unser zwölf Meter langes Vorzimmer. Ich wusste genau, wie ich ihn in den Irrsinn treiben konnte. Einmal in seine Richtung gespuckt, und schon zitterte er vor Wut. Warum ich das getan habe, weiß ich heute nicht mehr, aber ich weiß noch genau, es machte mir einen Riesenspaß.« Ich verstumme.

Vielleicht tat es gut, Macht zu spüren, die ich über Papas Gefühle nie hatte. So entstand der Wunsch, das andere Geschlecht zu beherrschen, bevor es mich beherrschte. Bedauerlicherweise ist mir diese Fertigkeit mit den Jahren abhandengekommen. Schade.

»Erzähl doch weiter!« Paul stellt sich vor mich hin wie Max mit vier, wenn er Märchen hören wollte.

»Über meine Kinderzeit?«

»Ja.«

»Als Goldkind bin ich auf die Welt gekommen. Ich konnte schon mit vier auswendig *Röslein auf der Heide* singen.« Er grinst mich an und ich frage mich einen Moment, ob ich wirklich über das Gute erzählen soll nach seinen üblen Kindheitserfahrungen, aber da sagt Paul: »Los doch!«

»Mit fünf zog ich Mamas Stöckelschuhe an, sprühte mich mit ihrem Parfüm ein und schlüpfte in ihre Ballkleider. Ich wollte eine Frau sein, von Anfang an. Dann stellte ich mich vor den Spiegel, tanzte und trug Lieder vor.«

»Und sie hat das erlaubt? Eine liebe Mama hast du«, sagt Paul und knabbert so viele Chips auf einmal, dass er die Couch vollbröselt, ich sehe es ihm nach.

»Mit zwölf synchronisierte ich für einen Film meines Vaters. Seite an Seite stand ich mit Klaus Kinski in der Tonhalle.« Ich lasse den Satz wirken.

Und schon erfolgt die Reaktion: Der Mann meiner Träume starrt mich an.

»Klaus Kinski?«

»Ja, genau der. Ein ziemlich abgedrehter Film: *Der rote Rausch*. Klaus spielte einen Kerl, der alle Frauen erwürgen muss, die eine Korallenkette um den Hals tragen. Eine von ihnen hat eine Tochter, die den Mord sieht.« Ich bin in meinem Element. »Ich musste schreien.«

Paul lacht gezwungen, wie mir vorkommt.

Nachdem kein weiterer Kniefall für meine Berühmtheit erfolgt, erzähle ich weiter. »Mein Papa hat immer zu mir gehalten. Das war eine große Sicherheit. Ich wechselte die Schulen wie Unterhosen. Kaum wurde er zum Direktor zitiert, weil ich aus dem Rahmen gefallen war, ließ er mich aus der Klasse holen. Er sagte: Pack ein, Liebes, wir suchen uns eine bessere Lokalität für deine Bildung.«

»Ich wusste doch, dass du eine herrliche Kindheit hattest, Marie.«

»Wie man es nimmt. Filmleute sind exaltiert. Papa sahen wir oft nur am Wochenende, weil er ständig unterwegs war.«

»So toll hattest du es dann auch nicht!«

Höre ich da eine Art Hoffnungsschimmer heraus?

»Doch! Am Wochenende hatten wir einen Heidenspaß, unglaublich!«

»Tatsächlich?«

»Soll ich lieber aufhören, Paul? Ich plappere einfach drauf los, entschuldige bitte.«

»Sprich nur weiter.«

Ich mache es, obwohl ich den Eindruck habe, er knirscht mit den Zähnen. »Okay. Als ich sechzehn war, führte er mich zu meinem ersten Ball aus. Mama nähte ein Kleid aus goldenem Brokat für mich, steckte meine langen Zöpfe zu einer Farah-Diba-Frisur hoch. Sie schminkte mich, aber dann begutachtete Papa das Ergebnis und meinte: Wasch das wieder runter. Du bist ein so schöner Engel, das zerstört nur.« Ich schmiege mich an Paul und lege seinen Arm um mich.

»Ganz reizend«, sagt er und löst sich von mir. Er geht mit steifen Schritten zum Fenster.

»Okay, ich hör schon auf«, sage ich.

»Nein. Lass mich ruhig teilhaben an deiner Bilderbuchfamilie.« Sein Lachen ist wie ein Eiszapfen.

»Die Geschichte ist nun aus.« Ich schlürfe den lauwarmen Kaffee.

Wir fläzen schweigend auf dem Sofa vorm Fernseher. Zur Weihnachtszeit laufen auf allen Kanälen Klassiker. *Der rote Rausch* natürlich nicht. Ich erinnere mich gut an damals.

Es war im Februar, als der Film gedreht wurde. Mildes Wetter. Mein Bruder und ich durften ganz offiziell bis zum Wochenende die Schule schwänzen. Papa wollte uns und Mama gern dabeihaben. Der erste Drehtag am Ufer des Neusiedlersees, das Schilf wie eine Kulisse so üppig, Graureiher und aus dem Winterschlaf aufgestörte Frösche. Tumult am Set. Klaus Kinski kann *so* nicht arbeiten, *willalleshinschmeißen*, sagt er. Die Crew versicherte, dass er allein diese Rolle spielen könne. Ich watete durch den schlammigen See. Mein Papa war Produktionsleiter der Filmproduktion.

»Komm raus«, rief Mama, »du wirst dir Blutegel holen! Auf jeden Fall eine Erkältung!«

So ein Blödsinn, dachte ich. Ich watete zum Strand, der graue, feine Sand klebte zwischen den

Zehen. Papa stand am Set. Ich beobachtete, wie die Kostümbildnerin der zu ermordenden Schauspielerin eine Korallenkette um den Hals legte. Diese Requisite war Aufhänger des Films. Klaus Kinski spielte den aus der *Bewahranstalt für kriminelle Geisteskranke* Geflohenen. Wann immer er an dem schlanken Hals einer schönen Frau rote Perlen sah, packte ihn DER ROTE RAUSCH und er musste töten. *Es* überkam ihn eben.

Ich lief rüber zum Set, hörte, wie der Regisseur kachoulierte, auf Kinski einredete: »Der Josef Stief ist verzweifelt, wenn er diesen Drang zum Töten hat, leidet er, er weidet sich nicht daran. Und wenn Sie jetzt die Puppe der kleinen Hanni erwürgen, zeigen Sie mir Ihren ganzen Schmerz.«

Klaus Kinski schob seine Lippen vor. Wenn ich mal groß bin, möchte ich auch so einen Mund haben, dachte ich. Statt einer Antwort drängte er sich am Regisseur vorbei und stapfte ins Schilf. Als er darin verschwand, zuckte Ruth Brigitte Tocki, seine zweite Ehefrau, die Achseln. »Was soll man machen«, sagte sie, »er ist … schwierig, nun ja.«

Alle atmeten auf, als er zurückkam, seinen Hosenschlitz schloss. »Ich pisse auf die Regieanweisung, bin ich ein Idiot? Ich weiß schon, was ich spiele!« Er hatte nicht wirklich Schaum vorm Mund, ich weiß.

»Nimm die Kinder mit«, sagte Papa und Mama schob mich vor sich her, fing meinen kleinen Bruder ein, der in der Nähe Sandlöcher grub. Wir gingen in die Pension und spielten Mensch-Ärgere-Dich-Nicht. Zu Abend aßen wir in dem Gasthof, wo sich der Filmstab traf. Es gab Schweinsbraten und Schnitzel. Die Erwachsenen plauderten über den Drehtag, machten Scherze, lachten.

»Was für ein unsägliches Theater!« Kinski sprang auf und warf sich auf den Boden, wand sich, trommelte mit den Fersen auf die Bohlen. Jetzt hatte er wirklich Schaum vorm Mund, mir blieb ein Stück Schnitzel im Hals stecken.

Mein Vater erhob sich in Zeitlupe, ging langsam auf ihn zu, bückte sich und haute ihm eine. Stellte ihn auf die Füße. Ich schluckte, man hörte es in der Stube, denn es war totenstill. Kinski lachte. Er klopfte Papa auf die Schulter, setzte sich wieder und aß weiter wie ein völlig normaler Mensch.

Als der Film abgedreht war, musste ich die Hanni synchronisieren, wegen des Dialekts der kleinen Mimin. Im Tonstudio sah ich Klaus Kinski wieder. Wir warteten zusammen auf unsere Einsätze am Mikrofon. Margot T., die ihn begleitete, saß auf der anderen Seite. Sie trug eine große Sonnenbrille, obwohl es im Raum dunkel war. Ich musste aufs Klo, sie zeigte mir, wo es war. Wartete auf mich im Waschraum. Als ich herauskam, sah ich ihren blau-roten Bluterguss. Sie setzte die Brille wieder auf, und wir gingen ins Studio zurück.

Klaus Kinski strich mir über den Kopf. »Wir sind gleich dran. Du musst nicht erschrecken, wenn du die Szene auf der Leinwand siehst. Ich spiele nur den Wahnsinnigen. Und die Hanni hat auch nicht wirklich Angst. Ein Film, weißt du? Sobald sie den Mund aufmacht, schreist du ins Mikrofon, so lange wie es eben dauert.« Er zwinkerte mir zu. »Mach dir nichts draus, wenn ich neben dir stöhn', das gehört so für die Geschichte, klar?«

Kinski nahm mich an der Hand, wir gingen nach vorn, um den Take einzusprechen. Während ich schrie, lagen seine Hände auf meinen Schultern.

Ich werfe Paul einen Blick zu, er starrt auf den Fernseher. Nein, diese Erinnerung gehört mir, die binde ich ihm nicht auf die Nase. Vor allem deswegen, weil man ja mittlerweile weiß, was Kinski mit seinen Töchtern angestellt hat. Zu mir war er sehr nett und wenn ich das erwähnen würde, hieße es gleich: Na logisch, der Kinderverzahrer! Ich behalte für mich, dass ich ihn mochte, obwohl ich seine Gangart auch nicht gutheißen kann, um Himmels Willen! Den Schmollmund hätte ich immer noch gern.

»Und jetzt erzähle du. Chris hat dich Rock'n'Roll genannt, warum denn?«

»Ach nein, heute nicht mehr, dauert zu lang«, sagt er und wechselt den Sender, André Rieu Adieu, muss ich auch nicht haben.

Nun sehen wir Ben Hur, mit Charlton Heston. Nachdem Messala endlich krepiert ist, frage ich Paul, den Mund voll mit Chips: »Hast du eigentlich noch Verpflichtungen, eine Beziehung oder so?«

Er wirft mir einen schrägen Blick zu und nickt.

Im selben Moment bekommt Heston seinen berühmten Kinnladenkrampf, als er seine Schwester und seine Mutter im Tal der Leprakranken beobachtet. Sie suchen sich einen verwelkten Salatkopf aus vielen verwelkten Salatköpfen heraus.

Es ist vorbei mit meiner Lässigkeit. Ich rücke ab von Paul. Was bin ich doch für eine blöde Gans, hätte ich ihn nicht vorher fragen können, jetzt raubt es mir den Verstand.

Ich sperre mich im Klo ein und heule Rotz und Wasser. Scheiß drauf, scheiß drauf, scheiß drauf! Ich boxe gegen den Türstock, der Schmerz tut gut.

»Marie?«

Ich halte den Atem an.

»Alles in Ordnung, Marie?«

»Mir ist schlecht.«

Die alten Dielen knarren.

»Kann ich was …«

»Geh weg! Ich muss gleich kotzen.«

Seine Schritte entfernen sich.

Ich schleiche ins Bad, klatsche mir kaltes Wasser ins Gesicht, um die roten Flecken loszuwerden. Wann werde ich endlich erwachsen! Aber mir ist wirklich übel. Mein Magen lässt sich nicht verarschen, er rebelliert. Ich bin so enttäuscht.

Paul ist der erste Mann, der weder trinkt noch sonst was. Bisher waren alle Männer, denen ich mein Herzblut schenkte, süchtig gewesen. Nach Alkohol, Medikamenten, Koks und nach Sex. Immer war die Sucht stärker als ihre Liebe. Ich focht unzählige Kämpfe aus, führte Kriege um sie. Erst der Ohnmacht nahe, gab ich auf. Die sogenannten anständigen Kerle, die um mich warben, beachtete ich gar nicht. War mir einer in die Arme gelaufen, der soff und mich vor sich selbst warnte, gab es kein Halten mehr. Ich rannte ihm nach, lockte, blockte, tobte, flehte. Jedes Mal endete es im Fiasko.

Papa hatte diese Masche Frauen gegenüber benutzt.

»Ich bin nicht gut genug für dich, ein Spieler, Verführer, treulos. Du hast einen besseren verdient.« – Blabla blubb. Nachdem er sich mehrere Affären gegönnt hatte, wurde Mama endlich schlau und nahm sich auch einen Geliebten.

Ich überschminke die roten Flecken.

»Nicht aufgeben«, ermahne ich mein zugekleistertes Gesicht im Badezimmerspiegel. »Schlag die Rivalin aus dem Feld! Sie ist doch auch bloß eine Frau.« Hoch erhobenen Hauptes gehe ich ins Zimmer zurück.

»Wozu hast du dich so hergerichtet?«, fragt Paul konsterniert, »ich dachte, dir geht es nicht gut.«

»Eben, drum!« Lächelnd fühle ich mich schon besser mit dieser Maske.

Derweil schaut Heston mit seiner Esther, der Mutter und Schwester bei Jesus' Kreuzigung zu. Plötzlich verdunkelt sich der Himmel und dann wird alles wieder gut.

Wie wird es für mich ausgehen?

Paul knotet die Schnürsenkel auf.

»Ich werde Spargel anbauen.« Als er die Socken auszieht, mustert er mich. »Spargel sind sehr empfindlich. Bis zur Ernte kann es vier Jahre dauern. Wusstest du das, Marie?«

Was will er?

Ich schüttle den Kopf.

Er steht auf und zieht mich an sich.

An meinem Ohr knabbernd, flüstert er, »Am besten gedeiht er, wenn das Feld vor dem Anbau eine Weile brachgelegen ist.«

Nanu? Ein Macho?

Ich habe beschlossen, das Leben zu genießen. Den Nachmittag verbringen wir im Bett. Wieso hatte ich bloß diese Frage gestellt, bin ich eigentlich noch zu retten? Paul spielt mit meinem Haar.

»Du wirst ja doch keine Ruhe geben, mein Schatz.«

Kann er Gedanken lesen? Gleich bleibt mein Herz stehen.

»Warum, glaubst du, habe ich mich nach unserem ersten Date so lange nicht gemeldet?«

Ich bin wie gelähmt.

»Weil ich erst etwas beenden musste«, sagt er.

Ich bringe es fertig, ihm in die Augen zu sehen.

»Mit Beziehung meinte ich natürlich uns beide«, flüstert er mir ins Ohr.

Mit einem Ruck setze ich mich auf. Er hat mich vorgeführt! Aus Scham schießt mir das Blut in den Kopf. Mit einem Schrei renne ich ins Bad und sperre mich ein. Er macht nicht einmal den Versuch, mir zu folgen. Ich warte vergebens.

Später bereite ich reichlich grimmig das Abendessen zu. Paul sieht fern. Ich decke gerade den Tisch, als Max hereinkommt.

Vor Schreck fällt mir die Butter aus der Hand. Ich stürze zu ihm und zu seinem blauen Auge.

»Kind!«

»Mama …« Er schiebt mich weg. »Dafür habe ich ihm den Kiefer ausgerenkt. Und die blöde Tussi kann mich mal.«

Mehr Information bekomme ich nicht, aber er setzt sich zu uns an den Tisch.

In den Nachrichten wird über einen weiteren Bombenanschlag berichtet. Werden wir alles in Schutt und Asche gelegt haben, bis sich unser Gehirn endlich weiterentwickelt hat? Eines Tages wird die Welt wieder ohne uns auskommen.

Das dachte ich schon 1969. Vietnam. 22. Januar 1969. Ich war vierzehn. Jimi Hendrix kam in die Stadt! Es war sein vorletzter Auftritt. Das Konzerthaus war auf die wilde Rockperformance nicht vorbereitet. Aber es hatte Frank Zappa und die Mothers of Invention überstanden. Janis Joplin und Joe Cocker waren hier aufgetreten. Nun Jimi Hendrix Experience. Meine modernen Eltern hatten mich mitgenommen. Beinahe hätten wir das Gehör verloren. Ich war danach tagelang taub. Von einer johlenden Menge war nicht die Rede. Das Publikum saß auf bebenden Biedermeierstühlen, während Jimi Hendrix mit Fuzz Boxes, Wah-Wah Pedalen und Marshall-Verstärkern uns mehrere tausend

Watt in die Ohren knallte. Vor Jimi ging ich zum Eislaufen, kicherte mit meinen Freundinnen und genoss die Schulferien. Die Wände in meinem Zimmer waren mit Postern von Rex Gildo, Charlton Heston und Pierre Brice zugehängt.

Nach Jimi war ich nicht mehr dieselbe. Ich ging auf die Straße, dem Protest galt ab sofort mein ganzes Interesse. Bis auf die Zeit, die ich in der Schule absitzen musste, beteiligte ich mich an jeder Demonstration. Ich unterschrieb auf allen Listen, die mir unterkamen: Greenpeace, Amnesty International und alles gegen jeden Krieg. Meine Zensuren wurden noch schlechter – Ausdruck der Verachtung für das Establishment. Wir hockten im Volksgarten vor dem Palmenhaus, rauchten und verfluchten die Bourgeoisie, unsere Eltern, das Geld. Kamen Bürger an uns vorbei, schnorrten wir. Gaben sie nichts, verdammten wir sie, gaben sie ein paar Groschen, verdammten wir sie auch.

Die Jungen ließen das Haar wachsen, wir Mädchen schnitten es zentimeterkurz ab. Wir forderten Freiheit für alle. Ich umrandete meine Augen mit Kajal, schminkte die Lippen leichenblass, klaute Papas schwarzen Rollkragenpullover und Mamas Spitzenhöschen.

»Sex, Drugs and Rock'n'Roll«, brüllend schien ich der freien Liebe zu frönen. In Wahrheit traute ich mich nicht. Meine Eltern waren überzeugt, ich würde es tun. Darauf war ich sehr stolz. Papa tobte. Meine Mutter weinte und besorgte mir schleunigst die Antibabypille.

Eines Tages tat ich es doch. Er hieß Karl und lernte Bäcker. Wir trafen uns im Chattanooga beim Tanzen. Jeden Sonntag von fünfzehn bis neunzehn Uhr versammelten sich die Minderjährigen der Stadt in dem Lokal, um es richtig krachen zu lassen.

Es gab striktes Alkoholverbot, ich schmuggelte den Schnaps unterm Rock herein. Wir Mädchen wurden nicht durchsucht.

Karl schleppte mich ab. Ich war so betrunken, dass ich meine Defloration gar nicht bemerkte. Er wollte mich heiraten. Ich war fünfzehn und für die Freiheit. Da schlug er mich.

Als er das nächste Mal vor unserer Tür stand, beziehungsweise weinend kniete, sagte mein Papa mit eisiger Stimme: »Keiner schlägt unser Kind!«

Ich wuchs in einer Familie von Freigeistern auf. Es war mir möglich, beinahe alles auszuprobieren. Mal spielte ich die Grand Dame, dann wieder die Femme Fatale oder die Intellektuelle, die im Kaffeehaus mit Freunden diskutiert, ob Gott nun eine Frau sei oder tot. Ich fühlte mich behütet, wurde aber zu nichts gezwungen. Mein Zwang war die übergroße Liebe, die ich für Papa empfand. Ich unterließ vieles, was ich gern getan hätte, nur weil ich vermutete, es würde ihm nicht gefallen.

»Warum seufzt du?« Paul will mich berühren.

Ich rücke in die Sofaecke.

»Nur in Gedanken.« Ich starre auf den Bildschirm.

Max hat den Sender gewechselt. Jackie Chan tritt seinem Feind ins Gesicht.

Paul will gehen.

Ich stelle ihm keine Fragen, mein Gelübde ist noch keine Stunde alt. Der Abschiedskuss ist so innig, dass sich mir vor Sehnsucht die linke Gehirnhälfte aufweicht. Ich bin wehrlos.

»Warum bleibst du nicht, wohin gehst du, wann kommst du wieder?«

»Marie. Wenn wir die Sache vertiefen wollen, stelle mir bitte keine W-Fragen.«

»Ja, klar.«

Später werfe ich Dartpfeile. Die Zielscheibe gibt ein gutes Herz ab. Blöder Flieger, blöder Rock'n'Roll und weiß der Himmel, welche Persönlichkeiten sich noch in ihm verstecken.

Dann rufe ich Julia an. »Wie geht es dir?«

»Gut, was ist?«

»Entschuldige, dass ich mit meiner Schwester sprechen will.«

»Wir haben uns doch erst gesehen, Marie.«

»Na, dann ... also schlaf gut.«

»Du auch.«

Ich könnte etwas lesen, lege mich mit einem Buch auf die Couch. Meine Gedanken schweifen ab, schließlich lasse ich es.

Max ist vor dem Fernseher eingedöst. Ich streichle ihn wach und er tappt in sein Zimmer. Nach dem Aufräumen der Küche gehe ich auch schlafen.

Ich sollte jubeln vor Verliebtheit, Purzelbäume schlagen, die Welt umarmen. Und was tue ich? Ich will wissen, was Paul jetzt macht. Ich will meine Lieben immer um mich haben.

Da fällt mir das Tagebuch ein, das mir Pauls Mutter gegeben hat. Ich ziehe es zwischen zwei Norwegerpullovern hervor und verkrieche mich damit ins Bett. Der Einband aus cognacbraunem Leder ist abgewetzt und zerkratzt. Vor Aufregung pocht mir das Herz bis in den Hals.

Mein Tagebuch, in verzogenen Buchstaben. Auf der nächsten Seite in wackeliger Kinderschrift: *Heute ist Heiliger Abend. Wir haben in der Schule Oh du Fröhliche geübt. Jetzt bin ich aber neugierig, wie es Mama und Papa gefelt, wenn ichs dann vorsing. Aber ich muss noch warten, weil Papa weggegangen ist. Und wir warten und warten, das essen ist schon verkocht. Mama wird böse auf mich und schreit.*

Dann folgt ein gemalter Tannenbaum mit vielen bunten Geschenken. Ich blättere weiter.

Papa hat den Christbaum aus dem Fenster geschmisen

und die Geschenke auch. Ich bin traurig. Gute Nacht,
liebes Tagebuch, Schlaf gut. Dein Paul.

Der Jahreswechsel steht bevor. Bedrückt drehe ich
das Licht ab. Kein Wunder, dass der Junge sich verschiedene Rollen zugelegt hat, kein Wunder.

Wie man sich bettet, so liegt man

Nach Weihnachten ist die Buchhandlung ein verlassener Ort. Nur die Ladenhüter sind uns treu geblieben.

»Mist«, sagt Mona.

Auch wenn sie meine Chefin ist, sind wir Freundinnen. Das heißt, wir lassen uns auch mal gehen. Ich nicke. Sie schlappt voraus in die Küche und steckt sich eine Zigarette an. Ich setze mich zu ihr.

»Sag schon, was hast du auf dem Herzen?«

»Wieso«, frage ich. Dabei halte ich es kaum noch aus.

Mona kennt mich eben durch und durch. Sie stützt die Ellenbogen auf den Tisch, schlürft ihren Kaffee. »Mach schon, bevor du platzt.«

»Paul«, fange ich an.

Da schrillt die Türglocke.

»Hallo! Ist hier jemand?« Doch ein Kunde.

Mona krallt sich an ihrem Kaffeebecher fest, also gehe ich.

»Bitte schön?« Ich lächle, der Kunde kann ja nichts dafür, außerdem würde er mir gefallen, wäre ich nicht vergeben. Bin ich das? In Gedanken bei Paul höre ich nicht richtig zu.

»Haben Sie das Buch, meine Dame?«

»Wie war noch der Titel?«

»Kein Titel. Etwas über Partnerschaft.«

Ein Verlassener.

Ich kann mir ein kindisches Grinsen nicht verkneifen.

»Nein, leider, führen wir nicht.« Ob ich ihm einen der Ladenhüter Liebesromane anbieten soll?

Da schlurft er schon hinaus.

»Also Paul und weiter?« Mona rührt ihren Kaffee, als wolle sie die Welt aus den Angeln heben. Seufzend lasse ich mich auf dem unbequemen Küchenstuhl nieder.

»Wir verbrachten die Feiertage zusammen und es war so … beeindruckend.«

»Habt ihr?«

»Was glaubst du?«

»Und, wie?«

»Das geht dich gar nichts an!«

Mona klatscht in die Hände. »Bitte!«

Ich werde rot, fange an zu stottern. »Er ist gut, weil ich es auch bin, klar?«

Sie bricht in schallendes Gelächter aus.

Das Telefon klingelt, ich renne hinaus.

»Monas Bücherregal. Guten Tag.«

»Peace, Sistah.«

Schon ist die Angst wieder da.

»Ist was mit Julia?«

»Total crazy, deine Schwester, sie stellt Forderungen, ey, ich soll, na ja, du weißt schon.«

Ich habe keine Ahnung. »Was denn?«

»Nicht am Telefon«, antwortet er, ich sehe ihn tänzeln.

»Warum rufst du dann an?«

»Ich komm vorbei, Sistah.«

»Oh nein, nicht bei der Arbeit! Nach sechs bei Carlo. Okay?«

»I shot the sheriff, but I did'nt shoot the deputy.«

Ich lege auf.

Verdammt, warum schicke ich ihn nicht zum Teufel.

Mona staubt ihre Lyrikecke ab. Ich wende mich dem nächsten verirrten Kunden zu, wider Erwarten folgen noch weitere. Bis Geschäftsschluss finden wir keine Zeit, das Gespräch fortzusetzen.

Chris hängt an der Theke, er schwafelt die Kellnerin an. Als er mich sieht, spreizt er die Finger zum Victory.

»Jah, Sistah.« Jah ist der Gott der Rastafari, Chris spricht oft mit ihm.

»Na, was gibt es denn so Wichtiges?« Ich bestelle Apfelsaft und ein belegtes Brot.

»Jou. Rede mit Julia, sie kann aus mir doch kein Äffchen machen, ich bin, wie ich bin.« Chris tänzelt vor meiner Nase den Jah-Dance.

Aus der Musicbox tönt *Love me tender*. Ich bin stolz auf Julia. Wie es scheint, greift sie durch.

»Was will sie aus dir machen? Den Vater von zwei Kindern?«

»Marie, ich kann nicht, du weißt doch.«

Es folgt die larmoyant vorgetragene Geschichte seiner Kindheit und Jugend. Ich setze mich an den Tisch, im Stehen ertrage ich das nicht.

»Ich bin im Heim aufgewachsen, übrigens in derselben Schule wie dein Paul.«

»Ich weiß.«

»... war schon drauf auf allem möglichen Zeug. Sogar Hustensaft habe ich gespritzt.«

Ich kenne die Litanei auswendig. Nach dem Kinderheim kommt er in den Jugendknast, weiter geht's ins Rotlichtmilieu.

Apropos Selbstmitleid. Ich war gerade achtzehn geworden. Um sechs in der Früh stand plötzlich Papa im Zimmer. Schlaftrunken blinzelte ich den Wecker an.

»Du musst dich entscheiden, Marie. Entweder du bleibst bei deiner Mutter, dieser Hure, oder du gehst mit mir!« Anklagend wies sein Arm zur Tür.

Mama blieb in ihrem Zimmer. Papa riss Jonas Tür auf. Julia ließ er in Ruhe, sie war zu jung, um eine Entscheidung zu treffen. Ich hörte Papa ins Elternzimmer zurückgehen.

Benommen kroch ich aus dem Bett zu meinem Bruder. Jonas saß in seinen Decken.

»Was ist mit Papa?«

»Jetzt dreht er total durch«, meinte er. Er bohrte in der Nase. »Mir egal.«

»Aber wir sind doch eine glückliche Familie«, stammelte ich.

Er holte den Finger aus seiner Nase und betrachtete die Ernte. »Da vögeln sie sich einen Nachzügler zu Recht und dann so was? Papa trinkt sich die Birne blöd, Mama macht einen auf Femme Fatale, und du lebst in der Welt der Romantik.«

Ich schwieg. Was redete er da? Jetzt weiß ich, dass ich ihn von da an nicht mehr verstand und wir entfernten uns immer weiter voneinander. Papa musste sterben, damit wir wieder reden konnten.

»Ich gehe sowieso nach der Matura auf die Fotoschule. Ihr könnt mich alle mal«, sagte er und schob mich aus seinem Zimmer.

Ich fühlte mich schrecklich. Papa wartete auf eine Entscheidung und schimpfte weiter.

Großmutter hielt sich wie immer heraus. »Des Menschen Wille ist sein Himmelreich«, sagte sie nur. Ich habe es heute noch im Ohr.

Ich heiratete. So musste ich mich nicht gegen einen Elternteil entscheiden. Es war ein kurzes Intermezzo, bald schmiss ich meinen Ehemann hinaus; ich erwischte ihn in flagranti mit meiner Cousine.

Es passierte auf einer Party, ich holte einen Nach-zügler an der verriegelten Haustür ab. Wir warteten auf den Lift. Die Tür öffnete sich und wir wurden Zeuge, wie mein Mann Renate die Zunge in den Rachen steckte.

Nach der Scheidung lernte ich den Vater meines noch ungezeugten Sohnes kennen. Drei Monate später heiratete ich ihn. Die Frauen in unserer Fami-lie waren schon immer spontan in ihren Entschei-dungen gewesen.

An der Theke bestelle ich einen Kaffee. Ich kann nur hoffen, dass Julia eine Entscheidung getroffen hat. Chris Gürtelschnalle aus Emaille, das Konterfei ei-nes Feuer speienden Drachen, hypnotisiert mich. Als ich die Gefahr erkenne, klettere ich auf den Bar-hocker und sag es dem Riesen ins Gesicht.

»Wenn du Julia noch einmal Drogen gibst, zeige ich dich an, dann bist du geliefert.«

Er verharrt in skurriler Haltung, wie ein Kind beim Figuren reißen.

»Haben wir uns verstanden?«

Er schüttelt sich.

»Peace, Sistah, was soll das denn? Ich will ganz easy über ein Prob' mit dir talken und du bist con-fidential unterwegs?«

»Ich habe genug. Hau ab, Chris. Verschwinde aus unserem Leben. Wolltest du nicht immer schon mal in die Mongolei oder nach Jamaika?« Ich rutsche vom Barhocker und gehe zur Toilette. Als ich zurückkomme, ist er weg. Gut.

Ist es Paul, der mich so mutig macht?

Die Kneipe füllt sich. Zu aufgewühlt für einen Abend allein, bestelle ich noch etwas zu trinken. Max ist bei seinem Vater und der Stiefmutter eingeladen.

Ich lasse mir von Carlo das Telefon geben und rufe Julia an.

»Süße, ich habe Chris die Leviten gelesen.«

»Spinnst du? Das ist mein Leben!« Sie tobt.

»Die Betonung liegt auf Leben«, sage ich.

Sie legt auf.

Ich ahnte, dass es so kommen würde.

Seit gestern habe ich nichts von Paul gehört. Er fehlt mir. Ich vermisse ihn so sehr, dass es wehtut. Als ich endlich den Mut aufbringe, ihn anzurufen, schaltet sich der Anrufbeantworter ein, wenigstens habe ich seine Stimme gehört. Vielleicht versucht er mich gerade zu Hause zu erreichen.

Nichts, kein Anruf verzeichnet. Das Parkett knackt, die Therme rauscht und der Wind rüttelt an den Fensterläden. Ich bin so allein. Im Fernsehen Jahresrückblick, ich beschließe, ein Bad zu nehmen. Als ich in der Wanne sitze, umgeben von knisterndem Schaum mit meinem Lieblingsduft, läutet es

Sturm. Ich raffe ein Handtuch an mich und renne zur Tür.

Da steht Julia mit einem blutunterlaufenen Auge, sie hält die schlafende Anna im Arm, Sven saust an mir vorbei herein.

Zuerst stellen wir Max ehemaliges Kinderbett auf und betten Anna hinein. Sven hat sich die Kleider vom Leib gerissen und planscht in meinem Yves-St.-Laurent-Schaum.

»Papa hat Mama gehauen«, sagt er erstaunt.

»Marie, nagle mich an die Wand, wenn ich ihm noch einmal verzeihe.«

Ich schweige. Wir trinken Tee und essen Salzstangen. Dann gehen wir zusammen in die Wanne. Plötzlich sind wir einander wieder nahe und vertraut. Wir kichern und albern herum wie früher. Als wir eine unserer Brecht Hymnen singen:

»Denn wie man sich bettet, so liegt man,

da deckt einen dann keiner zu,

und wenn einer tritt, dann bin ich es,

wird einer getreten, dann bist's du!«

Plötzlich streckt Max den Kopf herein.

»Da liegt was in meinem Bett.«

»Ach, Schätzchen, es ist doch nur ein Minimann auf der Flucht«, bettelt Julia.

»Wann suchst du dir einen anderen Kerl?« Sein Blick drückt wenig Mitgefühl aus. »Gute Nacht, ich schlafe auf dem Sofa.«

Danke, denke ich.

»Apropos. Wie geht es mit Paul voran?«

»Jetzt nicht.« Ich möchte heute nicht mehr darüber reden.

»Läuft es nicht gut?«

»Julia, ich weiß es nicht.«

»Fehlt dir Papa auch so«, flüstert sie, als wir im Bett liegen, »er ist so lange tot und es wird einfach nicht besser.«

Ein neues Jahr beginnt

Chris hat einen Abschiedsbrief geschrieben. Er ist auf dem Weg nach Jamaika, um endlich unter Menschen zu leben, die kapieren, worum es geht.

»Vielleicht meint er, er kann sich dort täglich zudröhnen«, beantworte ich Julias diesbezügliche Überlegungen.

Ich bin selig. Paul hat sich gemeldet. Wir werden Silvester zusammen feiern, nachher holt er mich ab. Ich sitze in der Küche und schlürfe Kaffee. Heute Nacht werde ich kein Auge zu tun. Ich könnte die ganze Stadt umarmen.

Die Badezimmertür knallt zu. Mit erbostem Gesichtsausdruck biegt Max um die Ecke. Er hat sich das Haar abrasiert, am Hinterkopf baumelt ein erschlafftes Büschel.

»Scheiß Gel!« Er verdreht die Augen und ich versuche, nicht zu lachen, denn andererseits rührt mich der Anblick seiner zarten Kopfhaut.

»Haarspray. Vielleicht?«

»Hab keins.«

Ich zeige ihm, wo ich meine Schätze horte, und kehre zum Kaffee zurück.

»Das bringt's, Mama, schau mal«, sagt Max, strahlt und dreht sich im Kreis.

Ich kann kaum einen Unterschied erkennen, aber Hauptsache, er ist glücklich.

Als es klingelt, wiegt Max sich zur Tür.

Kurz darauf höre ich Pauls schallendes Lachen.

»Was ist denn das auf deinem Kopf? Skinhead oder Punk, du musst dich schon entscheiden. Sieht ja schlimm aus.«

»Und was geht dich das an?« Max Stimme hat jeden Frohsinn verloren, ich springe auf, aber da knallt die Eingangstür zu und Paul kommt herein.

»Hallo«, sage ich und ärgere mich über Pauls schadenfrohes Grinsen. Ich gehe ihm nicht entgegen, setzt mich auf die Bank.

»Gut siehst du aus, Marie!« Er reibt sich die Hände. Ist ihm kalt, weil er von draußen kommt oder freut er sich, weil er Max eins reingewürgt hat? Wahrscheinlich verderbe ich mir den ersehnten Abend, aber ich muss es sagen.

»Wie kannst du meinen Sohn nur so kränken?«

»Wieso denn? Das war nur Spaß.«

Also weiß er genau, was ich meine.

»Ziemlich gemein. Du bist erwachsen, dachte ich?«

»Komm schon, Marie.«

»Ich will, dass du dich bei ihm entschuldigst.«

Paul deutet vage in die Diele. »Er ist weg.«

»Dann Morgen. Versprich es.«

Er setzt sich neben mich und legt den Arm um meine Taille, schon spüre ich, wie mich die Lust nach ihm überrollt, trotz allem.

»Oder«, fragt er zärtlich.

»… ich gehe nicht aus mit dir, wenn du es nicht machst.«

»Natürlich rede ich mit Max. Ich habe einfach nicht darüber nachgedacht, dass man einen pubertierenden Jungen …«

Mir reicht's, ich stehe auf. »Nicht? Du hast doch selbst Söhne!«

»Ich entschuldige mich, okay«, sagt er traurig.

»Dann ist es ja gut.« Ich werfe den Mantel über.

Paul führt mich durch die Gassen, ich halte mich im Gedränge an ihm fest. Und nächstes Jahr denke ich darüber nach, ob der Mann, der mich über den Parcours der Pein schleift, der Richtige ist.

»Irgendwann fährt ein Pirat unter meinen Mantel und ich explodiere«, raunze ich.

»Du Angsthase«, sagt Paul, »ist doch schön, wenn alle fröhlich sind.«

In Horden ziehen die Italiener durch die City und rennen jeden über den Haufen, der sich ihnen in den Weg stellt. Auch die Wiener strömen aus allen Bezirken auf den Stephansplatz, um das neue Jahr vor dem *Steffel* willkommen zu heißen. Es ist erst zehn, aber die Menschen stehen jetzt schon dicht gedrängt, werfen Knallkörper und warten auf das Ertönen der Pummerin, deren dröhnender Glockenschlag das Neue Jahr einläuten wird. Nur, hören werden sie es kaum in all dem Geknalle.

Ich habe das bisher nie mitgemacht.

»Marie«, brüllt Paul, »der Weg führt nur zur Pianobar.«

Endlich biegen wir unverletzt in die Seitengasse ein.

Paul schiebt den Samtvorhang zur Seite und wir stehen im Foyer. An den mit roter Seide bespannten Wänden hängen die Fotografien der Künstler, die hier aufgetreten sind. Geigenklänge dringen in mein Ohr.

»Zigeuner?«

„Entweder sagt man Roma oder Sinti. In dem Fall Roma."

Er braucht mich nicht zu maßregeln.

»In Wien sagt man Zigeuner, das ist nicht abwertend gemeint«, fauche ich.

»Süß bist du«, sagt Paul und hilft mir aus dem Mantel.

Und du bist doof, denke ich.

Wir gehen hinein.

Unser Tisch steht neben der Bühne. Paul bestellt Tokaier. Ich bediene mich aus dem Schälchen mit Erdnüssen. Das Ambiente erinnert an die Edenbar.

Dort verbrachte Papa seine Nächte. Sie war genauso plüschrot und voller Künstlerprominenz. Papa führte mich nach meinem ersten Ball dorthin aus. Einer seiner Freunde forderte mich zum Tanz auf. Er war doppelt so alt wie ich und soff wie ein Loch. Ich fühlte mich erwachsen und wunderschön. Wir verabredeten uns für den nächsten Tag, Papa sagten wir nichts davon. Liebe am Vormittag in einem Hotelzimmer. Was ich bisher erlebt hatte, war nichts im Vergleich zu diesen zwei Stunden Sex.

Abgeklärt blickte ich in die Runde meiner Freundinnen.

»Was denn? So etwas? Ihhh, ist das nicht ekelig?«

Ich warf den Kopf in den Nacken und kam mir wichtig vor. Doch es gab keine Wiederholung. Sex pur, eine Disziplin in Geilheit, hatte mir in Wahrheit Angst gemacht. Es sollten noch viele Jahre vergehen, bis ich Spaß daran fand. Manchmal.

Paul will mit mir anstoßen. »Hallo, wo bist du?«

»Bei dir.«

Gegen Mitternacht wechselt die Band endlich zu Rock'n'Roll. Wir tanzen. Der Wein wirkt. Neue Gäste kommen herein, unter ihnen ein verflossener Liebhaber. Er stürzt auf mich zu.

»Dass man sich wieder sieht! Toll siehst du aus, Marie. Lass dich küssen.«

Ich stelle ihm Paul vor und er verzieht sich.

»Mit wie vielen Männern hast du geschlafen? Weißt du es noch?«

»Natürlich«, antworte ich empört. »So viele waren es nicht.«

»Zähl doch mal auf.«

»Also der Dings und der Karl und der … hab den Namen vergessen. Und meine Ehemänner natürlich … fünf. Es waren fünf.«

»Ich glaub dir aufs Wort.«

Der Kellner serviert den Sekt in Flaschen. Die Band spielt einen Tusch und wir lassen die Korken knallen. Ich wünsche mir zutiefst, im neuen Jahr angekommen zu sein. Dass meine Suche ein Ende hat und Paul mir ein guter Partner werden kann. Dass Max seine Entschuldigung annimmt und trotz der Gemeinheit vorhin einen wunderschönen Abend verbringt.

Nach einem glühenden Kuss steht Paul auf und springt auf die Bühne, sagt dem Oberzigeuner was ins Ohr.

Die Band winkt mir zu und stimmt den ersten Akkord an. Paul singt *Lady In Black* für mich, Wahnsinn! Ich sehe, wie sehr er sich bemüht, den Schaden wieder gutzumachen. Als er zurückkommt, küsse ich ihn.

»Danke. Und wir kriegen das hin, oder?«

»Ja, Marie. Ich gebe mein Bestes.«

Daraufhin steige ich aufs Podest. Seine Freunde haben sogar die Knef im Repertoire. Ich singe *Für dich soll's rote Rosen regnen*, und presse all mein Verständnis in die Stimme, weil Paul nicht so perfekt ist, wie ich ihn haben will. Ich verzeihe es mir, dass ich deswegen beide Augen zudrücke, weil ich ihn so gern in meinem Bett habe.

Wie er mich ansieht! Du lieber Paul …

Ich verbeuge mich, wie die großen Chansonsängerinnen, schleudere meinen Kopf fast bis auf die Bühne. Der Applaus entschädigt mich für vieles in letzter Zeit.

Plötzlich knackt es in der Lendengegend.

Ganz langsam richte ich mich auf. Vor lauter Eitelkeit habe ich den verdammten Wirbel vergessen. Gebeugt, das Hinken unterdrückend, schleppe ich mich von der Bühne.

Paul stützt mich. Durch die stille, eiskalte Morgendämmerung hinke ich heimwärts.

Lady In Red

Neujahrsabend.

»Ich verreise für ein paar Tage«, sagt Paul.

»Ach so? Geschäftlich?«

Er lacht. »Was dachtest du?«

Und, weiter, denke ich. Dann sage ich es doch. »Wovon lebst du eigentlich?«

Jetzt wo es raus ist, verstehe ich gar nicht, warum ich ihn nicht schon längst danach gefragt habe.

»Weinhandel.«

»Dann bist du Alkoholiker?«, kichere ich über den Joke.

Kaum gesagt, steht Paul auf. »Ich finde das nicht komisch. Ich muss los.«

»Du wolltest doch mit uns essen.« Ich richte mich vorsichtig auf.

Paul drückt mich in den Sitz zurück, gibt mir einen Kuss auf die Wangen und weg ist er. Es war doch bloß ein blöder Witz. Will er mich etwa erziehen? Mist!

Eine Woche schon. Die Tage kleben grau und ausgekaut aneinander. Paul ruft nicht an. Wenn es läutet, ist Julia dran.

»Es ist so super, Schwesterlein, seit Chris fort ist.«

Mir hüpft jedes Mal das Herz vor Glück, was schert mich der Rest der Welt, wenn es ihr gut geht. »Ist er wirklich nach Jamaika geflogen?« Ich kann es kaum glauben.

Sie lacht wie ein Glöckchen. »Du musst großen Eindruck auf ihn gemacht haben.«

Wir schicken uns ein paar Küsse durchs Telefon, dann bin ich wieder allein in meinem Kaugummi-tag.

Oder Max' Neue ruft an, und sie blockieren stundenlang die Leitung. Mit mir redet er kaum ein Wort. Wahrscheinlich hat er mir immer noch nicht verziehen. Da kann ich noch so sehr betonen, dass mir seine Frisur gefällt.

Mona fragt ständig nach Paul, ich könnte ihr ein Buch nach dem anderen an den Kopf werfen, warum lässt sie mich nicht in Ruhe. Es scheint ihr Spaß zu machen, mich zu quälen. Den ganzen Tag hoffe ich für einen einzigen Augenblick, wenn ich die knarrenden Stufen zu meiner Wohnung hochsteige und die Tür aufschließe. Dann pocht mein Herz wie wild. Wenn wieder keine Nachricht auf dem An-rufbeantworter ist, setzt es aus.

Heute erinnert sich Max daran, dass er eine Mutter hat.

»Oma lässt dich grüßen«, richtet er mir aus und balanciert ein Stück Pizza in sein Zimmer.

»Hat noch jemand angerufen«, frage ich.

»Paul hat nicht angerufen«, antwortet er und ich muss über seine Unverschämtheit lachen. Kluges Kind!

Langsam werde ich wütend, was fällt Paul eigentlich ein? Wie kann er nach diesen wundervollen Tagen überhaupt ohne mich leben? Ich schenke mir einen Cognac ein.

»Trink nicht so viel, Mama.«

»Lass mich«, schnauze ich und kippe das Glas hinunter.

Vom Zensor befreit, wähle ich Pauls Nummer.

»Haiiii«, meldet sich eine Frauenstimme.

Mir verschlägt's die Sprache.

»Hallo, ist da ein Stummer dran?«

Das blöde Kichern halte ich nicht aus. Ich lege auf.

Rache!, zuckt es durch mein Hirn. Rache! Rache! Rache!

»Ich gehe aus«, sage ich zu Max, der mich besorgt ansieht. »Und ob ich ausgehe!«

Das Etuikleid aus Shantungseide modelliert meine Rundungen. Dass ich kaum atmen kann, tut nichts zur Sache. Im gleichen Rot bemale ich die Lippen, die Augen schminke ich à la Japonaise. Ich ziehe eine unsichtbare Boa aus Straußenfedern hinter mir her und übe vor dem Spiegel Hüftschwünge. Max bekommt einen Kuss.

»Na«, frage ich ihn.

»Toll, Mama.« Popcorn kauend starrt er auf die Mattscheibe.

Kaum stehe ich im Treppenhaus, klingelt das Telefon.

»Sie ist gerade weg«, sagt Max.

Das war bestimmt Paul.

Ich bin wie erstarrt. Sobald ich mich wieder bewegen kann, werde ich zurückgehen. Ich könnte doch so tun, als hätte ich was vergessen und nebenbei fragen, ob ich mich verhört hätte. Dann zuckt der Racheblitz wieder auf, die selten dämliche Stimme hallt piepsend durch meinen Kopf, sofort spüre ich die Schmach, ich mache auf dem Absatz kehrt, steige die Stufen hinunter und stöckle in die Nacht hinaus. Lady in red, eine Frau sieht rot. Ich werde mich bei Carlo sinnlos betrinken, mir macht das nämlich Spaß. Weinhändler! Spießer!

Nach Karl, dem autoritären Bäcker, hatte ich Spießern endgültig den Rücken gekehrt. War alles bisherige bloß ein Spiel gewesen, gab ich jetzt richtig Gas. Mein Papa war sowieso unterwegs. Er nannte es beruflich, doch inzwischen wusste ich, dass er log, und fühlte mich verraten und verlassen. Aber wenn Papa daheim war, hatten wir unglaublichen Spaß zusammen. Er spielte uns Balladen vor. Wir bevorzugten den Erlkönig: Als der Vater das Ziel erreicht, hat das Kind in die Windel gemacht und er hat seinen Teil davon abbekommen. Papa galoppierte auf einem unsichtbaren Schimmel durch die Wohnung, mimte einmal den Erlkönig, dann wieder seine Töchter mit schauerlich schlechten Ballettschritten. Wir lagen auf dem Boden vor Lachen. Plötzlich stolperte er und blieb wie tot liegen, bis wir vor Schreck zu schreien anfingen. Als Gutenachtgeschichte musste allabendlich Goethes Türmer herhalten. Sobald das Skelett beim Glockenschlag zerschellte, schliefen wir ein.

Papa gab immer seltener Gastspiele, je älter wir wurden.

Ich trat aufs Gas, unbeachtet, denn meine jüngeren Geschwister beanspruchten die ganze Aufmerksamkeit und Zuwendung Mamas.

Die Schule bedeutete mir gar nichts mehr, die Clique alles. Meine Freunde kamen aus verschiedenen Schichten. Tramper und Straßenmaler, Studenten, Beatniks, Schulverweigerer aus gutem Hause. Damals war mir nicht bewusst, dass ich versessen auf Liebe war. Liebe und Anerkennung machten mich trunken, sie waren meine Drogen. Und ich verschaffte sie mir.

Ich hoffe, bei Carlo Paul zu treffen. Ich habe meinen Auftritt inszeniert, lasse ein helles Lachen erklingen.

»Champagner, Carlo!« Die Bestellung unterstreiche ich mit einem Hüftschlenker.

Eduard, ein alter Bekannter, steht vom Tisch auf und kommt zu mir. »Warum bist denn so aufgemotzt, Marie?«

»So bin ich in Wahrheit!« Ich stecke eine Zigarette zwischen meine glutroten Lippen und bitte um Feuer.

»Nö. Bin doch Nichtraucher«, sagt er und winkt jemand anderem zu.

»Banause!« Ich lächle Carlo an.

So breit wie hoch er ist, zwinkert er mir zu. Ich weiß, dass er mich liebt. Er stellt sein Glas ab.

»Was planst du?«

»Männermord, warum?«

Carlo kratzt sich die Glatze. »An wen dachtest du?«

Ich beuge mich über die Theke, spüre wie sich die Seide um meinen Hintern spannt. Langsam richte ich mich wieder auf. »An Paul.«

Carlo zeigt mir einen Vogel. »Du spinnst, Marie, so einen netten Kerl findet man nicht oft.«

»Frau schon«, sage ich und gleite vom Hocker. Ich bin fest entschlossen, mir einen wundervollen Abend zu verschaffen. Ich flirte, was das Zeug hält. Sogar Carlo mache ich schöne Augen, aber er zeigt mir immer wieder einen Vogel.

Tief in mir weint die kleine Marie, ich ertränke sie mit noch mehr Sekt. Später sitze ich auf dem Schoß eines fremden Mannes, der meinen Oberschenkel betatscht. Scheißsekt. Mein Magen rebelliert. Ich weiß, wie mein Lächeln wirkt. Sanft aber bestimmt schiebe ich seine Hand weg, da packt er zu, und ich versuche mich aus dem Griff zu winden.

»So nicht, mein Fräulein. Erst heiß machen und dann herumzicken, nicht bei mir«, sagt er und will mich küssen.

Plötzlich werde ich hochgerissen und weggestoßen.

Nachdem ich mich aufgerappelt habe, sehe ich Paul mit geballten Fäusten. Der Typ blutet aus der Nase.

Ich flüchte auf die Toilette, die altbewährte Methode, zu entkommen. Nur diesmal funktioniert sie nicht.

Paul schlägt gegen die Tür, sodass die ganze Kabine wackelt. »Los, komm raus, Marie!«

Folgsam öffne ich, will ihn umarmen, aber er wehrt meine Hände ab.

Ich bezahle acht Gläser Sekt.

Immerhin hilft mir Paul in den Mantel.

Pechmarie

»Ich friere«, sage ich, summe vor mich hin.

»Besser, wenn wir uns eine Weile nicht sehen«, sagt er.

»Tun wir doch eh nicht.« Mir ist schlecht.

»Werde endlich erwachsen. Lass mich wissen, wenn du so weit bist. Bis dahin, Servus.« Ohne mich anzusehen, geht er davon. Der elende Mistkerl! Ich friere entsetzlich, ich zittere so sehr, dass ich es nicht schaffe, die Tür aufzuschließen. Immer wieder mache ich alles kaputt.

Leo lernte ich nach meiner Scheidung kennen. Er hielt mich auf Abstand, bis ich süchtig nach ihm war. Abends hatte ich genug Wein intus, um ihn anzusprechen. Ich schlenderte durch die Kneipe auf ihn zu.

»Du hast bemerkenswert grüne Augen«, sagte ich.

Wir trafen uns bald wieder, seine Band spielte in der Kneipe.

»Nimm mich, wie ich bin oder lass es«, sagte er und legte die Füße in Krokodilstiefeln auf meinen Glastisch. Er steckte sich mehrere Zigaretten auf einmal an und verschränkte die Hände im Nacken.

Rief ich bei ihm an, ertönte seine Stimme auf dem Anrufbeantworter: »Nicht jetzt.«

Wenn aber doch, haute es mir alle Sicherungen raus. Hatte er mich weich gekocht, erzählte ich ihm alle meine Geheimnisse. Auch von den Ausflügen in die Tablettenszene und den Orgien, die unter Drogen in einem Hotel stattgefunden hatten.

»Na so was.« Er grinste schief. »Sieht man dir gar nicht an, was du alles getrieben hast, gnädige Frau.«

Hätte ich es bloß für mich behalten. Er unterhielt seine Freunde damit. Er war skrupellos.

»Hast du das ernst gemeint mit meinen Augen?«

»Ja. Sie sind wunderschön.«

»Mit dir schlafen kann ich nicht. Ich bring's nicht mehr, verstehst du?«

Ich zündete eine Zigarette an.

»Aha«, sagte er, »jetzt rauchst du anstandshalber eine letzte Zigarette und dann verlässt du mich.«

Daraufhin bestellte ich noch einen Wein.

»Sex bedeutet alles, verstehst du! Dass wir hier stehen ist Sex, meine Musik ist Sex. Was sonst?« Er packte mich um die Taille und zog mich an sich. Ich ließ es geschehen, seine Art ging mir verdammt nahe.

»Jetzt ist es dir unangenehm, was? In der Öffentlichkeit mit einem Säufer.«

»Nein«, antwortete ich, es störte mich wirklich nicht, im Gegenteil.

Ich war davon überzeugt, meine Liebe könnte ihn retten. Da ließ er mich los, lächelte.

»Ich würde ganz gern mit dir schlafen, aber du lehnst mich ja ab.«

»Du hast gesagt, es geht nicht.«

Er war zärtlich. Und es misslang.

»Lass mich endlich in Ruhe, du gehst mir auf die Nerven«, sagte er beißend.

Eine Woche später traf ich ihn in einem Billardkaffee wieder. Er spielte um Schnäpse. Flüchtig sah er bei meinem Eintreten auf, würfelte weiter. Ich blieb an der Theke, bestellte Kaffee und beschäftigte mich mit einer Zeitung, um ihn nicht ansehen zu müssen. Nach einer Weile kam er und sah mir beim Umblättern zu.

»Die ist vom Vortag«, spöttelte er. »Jetzt wirst du wohl nie wieder mit mir schlafen, stimmt's?«

Ich schwieg. Er legte die Hand zwischen meine Schulterblätter, strich mir mit einem Finger über die Wirbelsäule hinunter, bis zum Hintern. In dieser Nacht schaffte Leo es kaum, sich die Stiefel auszuziehen. Er schüttelte den Kopf.

»Das hat keinen Sinn. Das ist nichts mit uns«, sagte er.

Ich zog mich an und ging.

»Du hast eine Art, dich zu verabschieden«, schnauzte er mich an, als wir uns wieder über den Weg liefen.

»Ich bin nicht die Richtige, das wirfst du mir jedes Mal an den Kopf.«

»Es geht dir also nur um dich! Ich bin pleite.« Er kippte den nächsten Schnaps. »Gestern hat mein Vater geschrieben. Jeden Sommer beordert er mich heim, damit ich ihm beim Holzmachen helfe. Kraftstrotzend beweist er mir jedes Jahr aufs Neue, was für ein toller Bursche er ist. Ich habe es nicht fassen können, einmal, als ich im Nebenzimmer gelegen habe, und er mit der Mutter im Bett. Stumm wie ein Stier hat er es zu Ende gebracht.«

»Das ist dein Trauma«, sagte ich erleichtert, weil es nichts mit mir zu tun hatte. Und im gleichen Atemzug, »du solltest Kinder haben, es besser machen als dein Vater bei dir. Oder hast du welche?«

Er spuckte Tabakkrümel aus. »Bist du Psychologin?« Sein Gesicht verzerrte sich, als er nach dem Glas griff und mit der Hand an die Metallkante der Theke schlug. Um das Handgelenk war ein breites Band gespannt.

»Was hast du da?«, fragte ich.

»Verschiedene Selbstmordversuche ... siehst du, nicht einmal das bringe ich fertig.« Leo grinste. Er trank aus und massierte sich an der Stelle. Dann spießte mich sein Blick beinahe auf. »Wie sollte ich denn Kinder zeugen können? Du verstehst nichts!« Er stieß sich vom Tresen ab und knallte die Tür hinter sich zu.

Ich beglich seine Zeche.

Die nächste Begegnung begann freundlich.

Aber es dauerte nicht lange und er fing zu sticheln an.

»Ich freu mich immer, wenn ich meinen Freunden etwas bieten kann. Besonders gefiel ihnen die Sache mit dem Gruppenvögeln im Separee.« Er ließ den Blick über meinen Körper wandern. »Ich bin natürlich nicht verliebt, nicht in dich oder in sonst jemanden.« Er lachte, rieb über den zerschnittenen Unterarm. »Wirst sehen, das nächste Mal schaffe ich es.« Leo küsste mich, sagte: »Du bist mir zu dumm. Vergiss mich.« Dann torkelte er auf die Straße hinaus, wo er sich Halt suchend gegen ein Auto lehnte und laut rülpste.

Dieser Leo hat mich tief getroffen, gelernt hatte ich nichts dadurch, denn wieder und wieder ließ ich mich auf Alkoholabhängige ein. Sie zogen mich magisch an, warum, weiß ich immer noch nicht.

Und jetzt ist da ein Paul, der kein Trinker ist, soweit mir bekannt. Was mache ich? Schäkere mit einem Betrunkenen und lasse mich von dem Mann dabei erwischen, den ich vermutlich liebe! Bin ich denn noch zu retten?

Erwachsenwerden

In meinem Traum haben sich Leo und Paul duelliert.

Nachdem sie sich gegenseitig unter die Erde gesoffen hatten, hing ich in dieser Pinte herum und haute einen Schnaps nach dem anderen weg, ganz nach Klischee, mit aufgedunsenem Gesicht und mascaraverschmierten Augen.

Ich quäle mich aus dem Bett. Was soll der Quatsch!

Mit einem Blick in den Badezimmerspiegel, stelle ich fest, dass ich mich gestern tatsächlich nicht abgeschminkt habe. Doch mein Gesicht fühlt sich gut an, nur etwas zerknitterter als sonst.

Ich rufe Mona an.

»Ich bin krank, ich kann nicht kommen.«

»Spinnst du?«, antwortet sie, »Erinnere dich mal, was heute ansteht.«

Oh Gott! Wie konnte ich das nur vergessen, Sascha Wolkenstein, ein Newcomer der Poesie im Adonis Verlag! Ich klatsche mir auf die Wange.

»Ich komme und hole auf dem Weg die Schnittchen ab.« Der Schock belebt, mein Motor ist angesprungen.

Als ich eintreffe, hat Mona alles vorbereitet.

Wie stolz waren wir beide, als der Verlag ausgerechnet uns für die Buchvorstellung auswählte. Auf dem Lesepult steht das Mikro, auf dem Büchertisch stapelt sich das wider Erwarten hoch gelobte Werk.

»Toll, Mona! Wie du das immer so schön hinbekommst!«

Sie gibt mir zu verstehen, dass ich besser den Mund halte, also koche ich Kaffee.

»Was schätzt du, wie viele kommen werden?« Ich serviere ihr die Frage mit einem der Kaviarbrötchen.

»Tu doch nicht so scheinheilig, du hast die Einladungen verschickt.«

Wenn sie alle kommen, wird der Laden platzen. Aber so ist es ja nicht.

»Marie, du siehst zum Gruseln aus«, unterbricht Mona meine Gedanken.

Als ob ich das nicht selbst wüsste! Im Neonlicht über dem Waschbecken hatte ich eben noch eine weiß graue Gesichtsfarbe, die sogar ein Gespenst erschreckt hätte. Immerhin sind die Knitterfalten verschwunden.

Ich umrahme meine traurigen Augen mit Kajal. Im Garderobenschrank hängt ein Jäckchen aus grünem Brokat. Das werde ich über den schwarzen Rolli ziehen. Ganz so hoffnungslos ist das Leben ja doch nicht.

Während wir die Bildbände in den Lagerraum schaffen – es reicht, wenn die Taschenbücher geklaut werden – schrillt die Türglocke. Da Mona auf der Leiter steht, gehe ich in den Verkaufsraum.

»Hi, Marie.«

Es ist Paul. Auf den Boden starrend bringe ich keinen Ton heraus.

»Ihr habt heute eine Buchvorstellung«, sagt er.

»Ja.« Meine Antwort. Ich kann doch sprechen.

»Ich wollte wegen gestern mit dir reden. Vielleicht beim Essen?«

Mir kommen die Tränen und das ärgert mich.

»Glaubst du denn, nur du hast Gefühle?«, sagt Paul dann auch noch. In allem will er besser sein. Ich schiele in Richtung Lager zu Mona.

»Jedenfalls geht das nicht so, wie ich dachte«, fährt er fort.

»Danke, dass du mir noch eine Chance gibst«, sage ich.

»Sei nicht so ironisch, Marie. Genau darüber möchte ich reden. Wie lange wird das heute dauern?«

»Du kannst das Spektakel mitmachen, wenn du willst«, sage ich.

Paul möchte nicht. Wir verabreden uns beim Chilenen, dort waren wir noch nie, neutrales Terrain sozusagen.

Ich begrüße die Gäste. Der Poet kommt eine halbe Stunde zu spät. Es ist der Jungwolf! Bei Carlo stellte er sich mir als Sascha Huber vor. Noch hat er mich nicht entdeckt.

»Grins nicht so blöd«, zischt Mona und rempelt mich an.

Unvermutet fängt Sascha zu brüllen an: »Aplonzentrierung!« Er macht einen Ausfallschritt, grapscht sich ein Kaviarschnittchen vom Buffet und pappt es sich zwischen die Beine. Die Horde junger Frauen mit korallenroten Lippen jubelt.

Der Dichter verreibt den Rogen langsam auf seinem Genital. »Switching Schwanz und Plonk«, flüstert er, brüllen muss er nicht, denn es ist still geworden.

Nach der Lesung kommt er auf mich zu. Ich winke verlegen.

»Hallo, du«, sage ich. Wieso hab ich nicht gesehen, dass er schlechte Zähne hat?

»Was macht das biologische Bett?« Er klaubt die Kaviarkügelchen von seinen Jeans.

»Mein Mann«, lüge ich, »hat die Matratze ausgewechselt.«

Zum Glück wird der Poet von seinen Anhängerinnen abgedrängt; er muss auf Dekolletés, Büchern und Hintern unterschreiben.

An die vierzig Stück seines Werks werden verkauft. Kurz vor zehn schließen wir ab.

»Und morgen müssen wir den Laden auf Vordermann bringen, gell?«

Ich nicke und tänzle die Straße entlang.

Paul sitzt schon da. Als er mich sieht, steht er auf und nimmt mir den Mantel ab. Wahnsinn!

»Was grinst du eigentlich so«, fragt Paul.

»Stell dir vor, der Dichter heute«, plappere ich drauf los, »der hat mal in meinem Bett gelegen ...« Ich verstumme. Offenbar bin ich nicht bei Verstand.

Paul kippt einen Viertelliter Mineralwasser die Kehle hinunter.

»Also«, stammle ich, aber es ist wirklich zu spät.

Er zieht die Augenbraue hoch. »Ganze fünf Männer, gell?«

»Das ist doch kein Mann.«

»Verstehe.«

Ich verstumme.

Er glaubt mir nicht.

Mein Gewissen flüstert mir zu: Nur, weil Sascha eingeschlafen ist. Wir essen schweigend.

»Wie konntest du dich auf den Schoß von so einem Arschloch setzen? Das hat mich schrecklich gekränkt«, sagt er, nachdem der Kellner ein Glas Wein für mich und noch eine Flasche Wasser für Paul gebracht hat. Dann, nach zwei Pausenfüllerschlucken beichtet er mir, dass er mich eine ganze Weile von draußen beobachtet hatte, bevor er dazwischenging. Max hatte ihm doch noch verraten, wo ich zu finden war.

»Eigentlich wollte ich gehen, aber dann sah ich, dass du ernsthaft in der Klemme stecktest.«

»Paul, du hast mir das Leben gerettet.« Ich bin verzückt.

Er verdreht die Augen. »Dass du immer so übertreiben musst.« Insgeheim freut er sich, ich weiß das genau. »Ich habe auch viel Blödsinn angestellt in meinem Leben, ich war sogar einmal reich und bettelarm. Inzwischen habe ich mir mit dem Weinhandel etwas aufgebaut, das ich mir nicht versauen werde, verstehst du?«

Mein Hochgefühl verpufft. Jetzt wird er gleich sagen, es ist besser, wenn wir uns trennen. Ob ich ihm zuvorkommen soll? Erst mal tief Luft holen.

Er redet unbeirrt weiter. »Sieh mal, ich … du hast in mir …«

Komm schon, sag, dass du mich liebst!

»Du bist mir sehr wichtig, kannst du bitte vernünftiger werden?«

Er liebt mich nicht. Aus!

»Vernünftig?«, frage ich.

Herr Erwachsen kratzt sich am Kopf. »Diese Männersachen dauernd.«

»Welche denn?«

Er winkt dem Kellner. »Ich sehe, was ich sehe, Marie. Du schnappst dir jeden, der dir gefällt. Im

Moment bin ich das. Du beobachtest mich, willst einen Roman über mein Leben schreiben.«

»Na und?«

»Und wenn der Roman geschrieben ist, kriege ich den Laufpass, stimmt's?«

Ich stehe auf und reiche ihm die Hand. So etwas habe ich noch nie getan.

»Auf Wiedersehen«, sage ich, »ich danke dir für den netten Abend.«

Ich drehe mich nicht mehr um. Es tut weh und ist kaum auszuhalten.

Irgendwo habe ich gelesen, wir müssten nur lange genug durchhalten, dann käme die Lösung wie von selbst. Ich bin mal gespannt.

Wie ferngesteuert trotte ich am nächsten Morgen zur Arbeit, absolviere meinen Tag, nach Feierabend laufe ich noch schnell zum Supermarkt. Zu Hause räume ich alles ein und drehe die Glotze an. Schalte sie wieder ab und verkrieche mich im Bett. Genauso am nächsten Tag und am Tag darauf. Woche um Woche dasselbe. Ruft jemand an und fragt mich, ob ich noch lebe, antworte ich: »Nein.«

Ich bemühe mich wirklich, es auszuhalten. Es kostet all meine Kraft, Paul nicht anzurufen.

Mütter

Dann passiert doch noch etwas. Pauls Mutter ruft an und fordert das Tagebuch zurück. Wahrscheinlich tut es ihr leid, dass sie es mir gegeben hat.

»Ich lese immer wieder darin, wissen Sie. Sonst habe ich kaum etwas von ihm bei mir.«

Ich lege auf. In meinem Elend habe ich es völlig vergessen. Doch bevor ich es ihr bringe, muss ich es zu Ende lesen. Wenigstens weiß ich jetzt, was ich zu tun habe.

Seit dem letzten Eintrag sind mehrere Jahre vergangen. Er ist jetzt elf: *Da hat die Mutter vom Thomas aber blöd geschaut, weil seine Hefte so versaut sind. Jetzt wird sie ihn nimmer so lieb haben. Was gibt er auch immer so an! Meine Mama hat eben voll viel mit Papa zu tun. Na und? Am meisten hat mich wütend gemacht, dass er mit so einem blöden Lachen sagte: Komisch, da wohnen wir Tür an Tür und trotzdem ist alles anders bei uns. Meine Mama würde mich nie allein Hausaufgaben machen lassen oder kein Essen gekocht haben, wenn ich von der Schule komme, hat er gesagt. Da hat es mir gereicht. Blöder Trottel, der! Gut, sie lädt mich oft ein zum Essen. Gestern gab es bei ihr Bratwurst und ich hab mich ins Zimmer vom Thomas geschlichen, weil ich gesagt habe, ich muss aufs Klo und dann die Tusche in seine Schultasche geschüttet. Das war ein Theater! Sie hat ihm nicht geglaubt, dass er unschuldig war. Ich bin dann rüber zu uns. Hab es nicht nötig, sein Freund zu sein.*

Ich zünde mir eine Zigarette an. Wie verzweifelt muss Paul gewesen sein, um so etwas zu tun? Dass Paul den Mitleid heischenden Blick seiner Mutter nicht erträgt, verstehe ich nun. Ich bin glücklich, dass es meinem Max an nichts fehlt. Man setzt doch nicht Kinder aus Gründen der Selbstbestätigung in die Welt: Seht her, ich habe ein Kind! Manche tun es auch als Prophylaxe fürs Alter. Max werde ich nie mit mir belasten. Ich suche mir ein gemütliches Pensionistenheim aus, schäkere dort abends mit den rüstigen Rentnern und fertig. Und ich werde natürlich selig auf sein Leben schauen, das voller Freude sein wird. So stelle ich mir das jedenfalls vor.

Max geht an meinem Schreibtisch vorbei, ich nicke ihm zu. Mein geliebtes Kind.

»Hab ich was Komisches an mir, Mama?«

»Aber nein«, sage ich.

»Warum schaust du mich dann so eigenartig an?« Seine süßen Dackelfalten auf der Stirn.

»Mama? Ist dir nicht gut?« Er steigt von einem Fuß auf den andern.

»Alles ist gut. Findest du mich liebevoll und verstehend?«, frage ich zärtlich.

»Was willst du von mir!«

Nun, er ist in der Pubertät.

»Nichts, nichts, lass dich nicht abhalten, von was auch immer.«

Sichtlich erleichtert kratzt er die Kurve. Ich wende mich wieder Pauls Tagebuch zu. Es folgen Eintragungen ohne besondere Vorkommnisse. Thomas und er sind in verschiedenen Cliquen untergekommen und befetzen sich im Hof. Mit sechzehn verlässt Paul die Schule. Mit siebzehn tritt er wieder ein. Über das eine Jahr steht nichts darin. Die letzte Notiz heißt: *Achtzehn habe ich werden müssen, um zu erfahren, dass ich ein halber Jude bin! In die beschissene Klosterschule haben sie mich gesteckt, um in Ruhe ficken zu können. Mein Vater, ein Jude!*

Typisch.

Ich fahre zu Pauls Mutter. Koche ihr Kaffee.

»Wissen Sie«, sagt sie, »mein Mann und ich haben viele Fehler gemacht. Ich war noch so jung. Auf Händen hat er mich getragen und Paul, nun, Paul lief so nebenher.«

»War Paul ein Unfall?«

Sie nickt und wiegt ihren gelähmten Arm.

Warten und Nachdenken

Nach sämtlichen Lebensberatungsbüchern habe ich genug davon, zu erfahren, wie man reagiert und was man antworten muss, wenn der andere dies oder jenes sagt. Denn im wirklichen Leben sagen Menschen solche Sätze nicht.

Es ist Ende Februar, Föhnstürme verteilen den Splittstaub in der Stadt. Ich möchte auswandern.

»Warum verkriechst du dich, Mutter?«

Neuerdings nennt Max mich so, du meine Güte! Ich fühle mich ohnehin wie eine Matrone.

»Lenk dich ab, geh aus und verdammt noch mal, ruf endlich Paul an!«

»Nein.«

Max wird bald siebzehn. Ich lenke mich mit Vorbereitungen für seine Überraschungsparty ab. Auch Julia habe ich eingespannt, Feten sind ihr Spezialgebiet.

Am Abend erscheint sie aufgedonnert, ich frage sie, ob sie im Zirkus auftreten will.

»Och, Marie! Ich dachte, wir würden ein wenig ausgehen. Es ist doch Samstag!«

Ich betrachte sie genauer, sie sieht entspannter aus und sie hat zugenommen.

»Bitte Schwesterlein!«

»Keinesfalls gehen wir zu Carlo, klar? Wir gehen in irgendeine Disco, wo mich keiner kennt.«

Sie fällt mir um den Hals. »Danke! Los zieh dich um!«

Ich habe keine Lust, mich in Schale zu werfen. Soll mich das nachdenklich stimmen oder amüsieren? Es kostet mich Überwindung, Wimperntusche aufzutragen. Beruhigt stelle ich fest, dass ich damit immer noch bieder genug aussehe. Ich werfe meinem Spiegelbild eine Kusshand zu.

»Gehen wir?«

»So?« Julia scheint es nicht zu begreifen.

Ich schenke ihr ein mütterliches Lächeln. »So stehle ich dir wenigstens nicht die Show.«

»Was ist los mit dir?« Sie umarmt mich.

Ich küsse sie auf die Nase. »Später vielleicht.«

Als wir uns lauthals verabschieden, bekommen wir keine Antwort. Nur ein weibliches Kichern dringt aus Max' Zimmer.

Als er noch ein Mäxchen war, fuhren wir mit Mona und ihren Kindern für zwei Wochen nach Istrien. Julia, damals ein Teenager, begleitete uns. Monas Kinder waren groß genug, um auf Max aufzupassen, während wir drei Abend für Abend die Dorfdisco unsicher machten. Wir befanden uns in einem Rauschzustand, einem Taumel aus Freiheit und

Abenteuer. Wir benahmen uns wie Bajaderen, lockten, blockten, wir führten sogar eine Häkchenliste. Julia litt nicht unter Zugzwang, schließlich war sie frei und hatte das Leben noch vor sich, sie suchte sich einen richtigen Lover aus.

»Was ist los, Marie?« Julia strahlt, erhitzt vom Tanzen.

»Ich werde alt, das ist los.«

Sie verdreht die Augen. »Du bist in den besten Jahren!«

»Na klar!«

Schließlich pfeift sie auf meine Laune.

Ich hole mir eine Cola-Barcadi mit pinkfarbenem Trinkhalm. Ob ich nun in Folge meines Alkoholkonsums oder des Herzbruchs vorzeitig altern werde? Apropos, unglaublich, was so ein Organ alles aushält. Papa hat als erster auf ihm herumgetrampelt. Ich nicke mir zu. Immer diese Spiegelfronten. Am Halm saugend, sehe ich mich mit eingefallenen Wangen. Eine Vision?

»Tanzen?«

Ich blicke in ein verdammt hübsches, moccafarbenes Gesicht. Resigniert schüttle ich den Kopf.

»Komm Lady!« Der Typ strahlt mich tatsächlich an. Im Schwarzlicht leuchten seine Zähne violett. Ob ich will oder nicht, ich muss darüber lachen. Schließlich tappe ich ihm hinterher zur Tanzfläche.

Selbstverständlich wandert seine Hand über meinen Rücken und legt sich um meine Taille. Zu meiner Überraschung schmiegen sich meine Hände an seinen warmen Körper. Ich überlasse mich dem Rhythmus seiner Bewegungen, die eins mit der Musik sind. Anscheinend sprechen unsere Körper dieselbe Sprache, wie Pauls Körper und meiner. Ich möchte weinen.

Als ob mein Kavalier es ahnt. Er lächelt mich traurig an. Vielleicht bilde ich es mir ja nur ein. Als sie Rave spielen, begleitet er mich zum Tisch zurück, ich biete ihm einen Platz an. Er geht.

Julia kommt vorbei.

»Ich geh ins Kloster«, sage ich.

»Es reicht«, schreit sie, »los, gehen wir zu Carlo.«

Als wir die Kneipe betreten, schlägt mir das dumme Herz bis zum Hals, dann rutscht es in die Hose. Ich habe mich umsonst so aufgeregt, Paul ist nicht da.

»Wir dachten schon, du bist tatsächlich ausgewandert«, sagt Carlo.

Schön, dass sie mich noch nicht vergessen haben. Ich spaziere durchs Lokal wie eine Königin, die ihr Reich zurückerobert hat. Nach dem Fiasko habe ich genug von Veränderungen. Ich beschließe, da anzufangen, wo ich vor Paul aufgehört hatte. Ich will endlich in mein chaotisches Leben zurück!

»Ach, Marie.« Julia legt den Kopf an meine Schulter. »Was wird mit uns werden?«

Ich streichle über ihr feines Haar.

Sie war ein süßes Baby, ich wollte sie trotzdem nicht hüten. Julia war vier und baute Sandburgen. Auf dem Spielplatz war mir schrecklich langweilig, ich wartete auf ein Wunder. Es kam unvermutet und hieß Helene. Sie war zwei Jahre älter als ich, trug Hot Pants und eine geblümte Korsage, einen Strohhut mit rotem Band. Sie war das verrückteste Mädchen weit und breit.

Sie ließ sich auf der Bank nieder und fixierte mich. »Haste Feuer?«

»Hab ich nicht«, antwortete ich.

Helene stöhnte filmreif auf. »Verdammt.« Sie rutschte mit dem Hintern ganz an die Kante und streckte die Beine aus, ließ mich aber nicht aus den Augen. »Was machst'n da?«

»Ich passe auf meine kleine Schwester auf.«

»Blöd, was?«

»Ja. Na ja … geht so.«

»Und was machste dann?«

»Heimgehen.«

»Och nö, haste Lust, was zu unternehmen?«

Hatte ich.

Helene besaß ein Moped. Das war neu für mich. Den ganzen Sommer über fuhren wir abends durch die Stadt. Wir wurden dicke Freundinnen. Sie ging mit alten Männern ins Bett und hatte immer Geld. Ab und zu wollte sie mich auch dazu überreden, aber ich konnte nicht.

Im Herbst reiste sie nach Indien. Ihre Ansichtskarten wurden immer seltener, schließlich blieben sie aus.

»Dort sterben die Kinder wie die Fliegen«, sagte sie, als sie zurückkam. Gekleidet in eine braune Kutte, um den Hals eine Kordel mit einem schweren Kruzifix daran. Ihre Füße in den Sandalen waren schmutzig.

»Nachdem ich jahrelang die Unterhosen der Priester gewaschen habe, um mich von meinen Sünden zu reinigen«, sagte sie, »bin ich Ordensschwester geworden.«

Ich sah sie zum letzten Mal. Später erfuhr ich, sie hätte den Orden verlassen und lebte in der Höhle eines Kunstmalers bei Positano.

»Du kannst meinen Kopf wieder loslassen, Marie«, sagt Julia und ordnet ihr Haar.

»Vielleicht werde ich Höhlenbewohner«, sage ich.

Papa Pan – Paul Pan

»Uns wird wieder einer über den Weg laufen und wir werden auch ihm erliegen, selbst wenn er der größte Nasenbohrer aller Zeiten ist.« Ich seufze erbärmlich in mein Glas.

»Nimm Chris. Er sieht gut aus und er ist der perfekte Liebhaber. Aber was kann er noch außer dealen? Und weil ich herausgefunden habe, wie schwach er in Wahrheit ist, hat er mich geschlagen.«

Peter Pan war der Held meiner Kindertage, inzwischen haben die Psychologen ein Syndrom nach ihm benannt. Deswegen zog mich eines der Lebensberatungsbücher in den Bann. Ich weihe Julia ein.

»Die Nasenbohrer sind allesamt Peter Pans. Auch Papa. Du weißt, wer Peter Pan ist? Ich habe dir immer daraus vorgelesen.«

Julia zieht eine Grimasse.

»Er weigert sich, erwachsen zu werden«, erkläre ich ihr. »Er will keine Verantwortung übernehmen, stattdessen sucht er das Abenteuer. Er klopft sich mit Käpt'n Hook und anderen großen Jungs. Er rettet Schönheiten und gibt den Verlorenen eine Heimat auf Neverland. Jetzt kommt's: Er macht Wendy in sich verliebt. Wer ist sie?«

»Die kleine Süße, die ihm mit Nadel und Faden hinterher rennt, um ihm den Schatten anzunähen, den er wegen seiner Wildheit ständig verliert.«

»Wir sind die Wendys. Wir tun alles für die Peter Pans, solange für uns nur ein Krümelchen von dem abfällt, was wir mit Liebe verwechseln.«

»Mist«, sagt Julia, »was kann man dagegen machen?«

»Das Weite suchen. Prost!« Ich sehe mich schon morgen früh mit schmerzender Birne im Laden stehen.

»Prost!«, sagt Julia.

Alte Bekannte kommen zu uns an die Theke.

Julia küsst mich auf die Wange.

»Es geht noch weiter. Peter Pan entführt Wendy in seine schillernde Welt, setzt sie Gefahren aus, um sie zu retten. Er spielt mit ihr, daran zerbricht ihr Herz.«

Julia schaut betroffen aus der Wäsche, ich schätze, sie hat's kapiert.

»Der arme Kerl, er kann halt nicht anders«, sagt sie dann.

»Tickst du noch richtig? Dich sollst du bemitleiden, nicht Chris. Es geht ihm gut, sonst würde er nicht immer wieder losziehen, um Scheiße zu bauen, oder?«

»Hm«, antwortet sie.

»Es gibt Hoffnung, Julia.«

Sie nickt.

»Da ist eine Person in Peter Pans Leben, die die absolute Vorrangstellung einnimmt. Für sie tut er alles. Ihr Zauberstaub ermöglicht ihm, zu fliegen. Es ist die kleine Fee Tinkerbell. Sie lässt sich nichts bieten, behandelt er sie ohne Respekt, entzieht sie ihm sofort den Flugstaub.« Nach wochenlanger Abstinenz kocht mein Blut nach dem dritten Glas Sekt.

»Aha«, sagt Julia. »Wenn du mir jetzt erklärst, woher ich den Zauberstaub bekomme, wird alles gut.«

»Mit Disziplin. Mir zum Beispiel geht es zum Sterben schlecht dabei. Eigentlich will ich nichts anderes, als Paul um Verzeihung bitten, weil ich mir seine Zumutungen nicht habe gefallen lassen. Es gibt kein Zurück. Trotzdem habe ich Sehnsucht nach ihm.«

»Ich wünschte, Papa wäre hier. Er würde uns helfen, bestimmt.« Julia streichelt meine Hand. Vom aufrechten Sitzen schmerzt mir der Rücken, ich winke ab.

»Schlag ihn dir aus dem Kopf. Er ist tot und keiner wird ihn ersetzen. Nimm dir einen, den du um seinetwillen liebst.«

Sie hüpft vom Hocker. »Du redest Blödsinn, Marie.«

»Ich mache das nicht mehr mit. Basta.« Zur Untermalung meiner These schlage ich mit der Faust auf den Tresen. Dann lade ich Julia ein, zusammen mit mir aufs Klo zu gehen.

Ich krame meinen Lippenstift heraus. Julia nimmt mir den Lippenstift aus der Hand.

»Tinkerbell«, sage ich.

»Ja, Tinkerbell«, haucht sie mit knallroten Lippen.

Wir treten die Tür zum Lokal auf, stolz blicke ich um mich und denke: Nie wieder Wendy!

Und dann werde ich ums Haar ohnmächtig, weil Paul in der Ecke hinter der Klotür sitzt.

»Au«, schreit Julia, weil ich sie in die Hand kneife.

Langsam erhebt er sich und kommt wie eine Raubkatze auf mich zu geschlendert, ohne den Blick von mir zu nehmen. Gleich platzt mein Herz. Er umarmt mich, und ich fange an zu weinen. Der Mascara wird nie wieder rausgehen.

Der Blues geht um

Ich lächle in Pauls verschlafenes Gesicht.

»Sag du zuerst.«

»Ich wollte dir nachrennen, doch ich wusste genau, wenn ich es tue, verliere ich dich erst recht.«

Ich lege den Kopf auf seine Brust. Fahre mit dem Zeigefinger seine Rippenbögen entlang. Paul hält meine Hand fest. »So ist es doch!«

Ich beuge mich über ihn. »Du meinst, du hättest meine Entscheidung respektiert.«

Er lacht. »Und ich hatte Angst, du klebst mir eine. Das hätte unsere kleine Liebe nicht vertragen.«

Kleine Liebe? Meine ist riesengroß.

Bloß keine Haarspalterei jetzt.

»Traust du mir das wirklich zu«, frage ich, um abzulenken.

Paul führt meine Hand zu seiner Wange und drückt sie darauf. »Ja! Und außerdem habe ich Hunger.«

Nackt stürmen wir in die Küche. Max schiebt sich gerade ein Nutellabrot in den Mund. Ich zucke zurück und hole meinen Bademantel. Paul spielt mit ihm das Männer-Begrüßungsritual, mein Sohn hält sich gut. Aber dann boxt Paul ihn in den Magen.

Hustend krümmt Max sich zusammen und spuckt das Brot aus.

»Hey, du Memme.« Paul holt überschwänglich aus, um Max zu umarmen, mein Sohn duckt sich und geht. Er schlägt seine Zimmertür zu.

»Empfindlich, der junge Mann heute«, sagt Paul und macht sich über den Kühlschrank her.

Ich boxe Paul in den Magen, murmle »gute Nacht« und lege mich wieder ins Bett. Jetzt kann ich es ihm nicht sagen, es ist der unglücklichste Moment. Dabei liegt es mir auf der Zunge und will raus: Kannst du denn Liebe von Liebe nicht unterscheiden?

Der Zustand kurz vor dem Einschlafen macht mir Angst, es ist, als schwebte ich zwischen Leben und Tod. Was mein Unterbewusstsein da vom Stapel lässt. Paul als kleiner Junge schlägt sich erbittert mit meinen Max, er hasst ihn, weil ich ihn so sehr liebe.

Sofort bin ich hellwach, Paul hat sich neben mich gelegt. Ich stehe auf. Erst schaue ich bei Max rein, aber er trägt Kopfhörer und starrt auf den Monitor. Dann rufe ich Julia an. Ich habe Schuldgefühle, weil ich sie gestern bei Carlo zurückgelassen habe.

Es klingelt und klingelt, endlich ihre müde, leise Stimme.

»Alles in Ordnung?«, frage ich.

»Wenn ich ausgeschlafen habe!«

Aufgelegt.

Der Sonntagmorgen ist still. Ich stelle einen Klassiksender im Radio ein. Werde ich Paul beichten, dass ich sein Tagebuch gelesen habe? Dann wird er mich verlassen. Mir wird heiß vor Scham. Hätte ich es doch nie gelesen!

Max ist keine Konkurrenz für dich.

Ich trinke die zweite Tasse Kaffee. Max verlässt das Haus ohne Frühstück. Ich will ihm nachlaufen, doch dann klingelt das Telefon. Julia.

»Es tut mir leid«, klage ich.

»Musst dir keine Sorgen machen, Marie, die Krise ist vorbei.«

»Vorbei? Ist Chris zurück?« Er weiß, was ihm blüht.

»Nein.« Ihre Stimme klingt kindlich.

»Ich komme zu dir, ja?«

»Das wäre wirklich schön …«

»Soll ich dich bringen«, flüstert Paul hinter meinem Rücken. Soll mich sein Angebot versöhnen?

»Ich fahre selbst«, antworte ich, »mach es dir gemütlich.«

Wie erwartet, ist Julia noch blasser als sonst, die Schatten unter den Augen dunkler.

»Was war denn los?«

»Plötzlich war ich total depri. Ich bin nach Hause, weil ich ein Ende machen wollte. Hab einen Abschiedsbrief geschrieben, das Wasser ist noch in der

Wanne.« Mir verschlägt es den Atem.

Sie hatte es schon einmal versucht. Ich hatte eine
Party gegeben. Julia kam mit ihrem neuen Freund,
der sich prompt in eine andere verguckte. Julia be-
trank sich. Irgendwann war sie nirgendwo mehr zu
sehen.

Auf der Suche entdeckte ich Licht aus der Türritze
im Bad, ich rief hinein, »Wer da?«, als keine Antwort kam, schrie ich: »Mach sofort die Tür auf!«

»Lass mich in Ruh«, antwortete sie.

Ich blieb vor der Tür. Nach einer Weile hörte ich
es plätschern. Mein Instinkt sagte mir, dass etwas
Schreckliches im Gange war.

»Julia!«, brüllte ich.

»Es ist für euch alle besser, wenn es mich nicht
mehr gibt.«

»Was machst du?« Mir brach der Angstschweiß
aus.

»Ich verblute«, sagte sie schluchzend.

»Das wirst du nicht, wehe dir!« Ich fing an zu
kreischen. Die Gäste liefen zusammen.

»Kann man nicht einmal in Ruhe sterben«, drang
es nach draußen.

»Julia, wenn du nicht sofort die Tür öffnest, rede
ich mein ganzes Leben lang niemals wieder ein
Wort mit dir, hast du verstanden?«

Es wirkte! Ich hörte sie aus dem Wasser steigen

und den Riegel zurückschieben. Blut tropfte aus den Wunden an ihren Handgelenken. Sie hatte beide aufgeschnitten und das professionell. Eine Medizinstudentin half mir, Adernpressen aus Geschirrhandtüchern anzulegen. Ich musste die Rettung verständigen, sie brachte Julia in die Psychiatrie.

Zum Glück hielt sich Papa gerade in Wien auf. Nach Münchhausen-Manier holte er Julia am nächsten Tag aus der Klinik. Er behauptete, er sei ihr Psychiater. Der behandelnde Arzt verlangte nicht einmal einen Ausweis.

Später lachten wir darüber.

»Zu blöd, dass ich auf dich reingefallen bin. Aber als du sagtest, du würdest nie wieder mit mir reden, wollte ich das nicht riskieren.«

Julias Arme verheilten schnell, ihr gebrochenes Herz auch.

Gegen Schuldgefühle hilft mir nur Sarkasmus.

»Was hat dich diesmal zur Umkehr bewogen?«, frage ich.

»Die Wäscheleine über der Wanne mit den Höschen und den Hemdchen meiner Kinder. Nie wieder Wendy! Nie wieder.«

»Yeah, Baby!«

Wir liegen auf Julias Sofa inmitten der Wäschehaufen. Sven und Anna klettern auf uns herum.

Auf dem Weg nach Hause sammle ich alle Kraft, um Paul gegenüberzutreten. Ich muss mein Herz von der Last befreien, egal wie es ausgeht.

Er poliert die Edelstahlspüle.

»Ziemlich verdreckt.«

Hm. So wie meine schwarze Seele.

»Kann ich mit dir reden?«

»Ich mach nur fertig.« Erfreut über das Hochglanzergebnis legt er endlich das Putztuch beiseite und setzt sich neben mich. »Kaffee?«

Meine Augenlider zucken.

»Wie geht es Julia?«, fragt Paul.

»Besser. Aber mir geht es nicht so gut. Ich habe den Blues.«

Er drückt mich. Ja, Anteilnahme ist gut, ich lege den Kopf an seine Schulter und seufze. Ich zittere.

»Wenn es Julia wieder gut geht, verstehe ich deinen Kummer nicht.« Er streichelt mein Haar.

Mit einem weiteren Seufzer stehe ich auf und stelle mich ans Fenster.

»Du warst grob zu Max, warum?«, sage ich zur Straße gewendet.

»Was?«, fragt Paul.

Nun muss es raus.

Ich drehe mich zu ihm und sage mit fester Stimme, »Ich weiß warum, ich habe in deinem Tagebuch gelesen.«

Dann erwarte ich seinen Richtspruch.

»Meine Mutter hat es dir gegeben, nicht wahr? Das macht sie immer.«

Aha? Wie oft im Monat? Ich nehme mir einen Kaffee. »So, immer«, sage ich.

»Also bei meiner Exfrau hat sie es auch getan.« Er pirscht sich an, fasst mich um die Taille und bedeckt mein Gesicht mit Küssen. Heiser schnurrt er: »Die alten Geschichten.«

Ich versuche mir uns beide vorzustellen, außerhalb der enormen körperlichen Anziehung. Wenn sie nachlässt, wenn sich mit der Zeit die Gewohnheit einstellt und die Faszination langsam erlischt. Würden wir uns anöden? Hat es wirklich Sinn, die Leidenschaft für den Alltag zu opfern? Ist es nicht besser, allein die Zahnpastatuben auszudrücken, allein die schmutzigen Unterhosen aufzuräumen, auch die Erkältung allein durchzustehen? Wer kann das beantworten? Schmiedet der Alltag zusammen oder ist er ein Keil?

»Hab ich dir heute schon gesagt, dass ich dich liebe?«, sagt Paul und sieht mir in die Augen. »Ich schwöre, ich mag Max. Ehrlich!«

Ich nehme es ihm ab. Aber eine Frage beschäftigt mich noch: Wer war die Frau am Telefon? Da ist ein Stummer am Apparat, hahaha. War sie eine Verwandte oder eine Affäre? Wenn ich ihn frage, bin ich wieder ganz die Alte, Wendy, die Zwanghafte?

Max, fast schon ein Mann

Ich scharwenzle um Max herum. »Öh«, sage ich, »heute vor siebzehn Jahren um vierzehn Uhr elf hast du deinen ersten Schrei gemacht.«

Er gibt mir einen Klaps auf die Finger, weil ich an seinem Kragen herumfummle.

»Eben.«

Ich ziehe die Hand zurück und lache. »Wir feiern aber schon zusammen?«

Max wechselt von der Küchenbank, auf der wir nebeneinander frühstücken, zum Stuhl gegenüber.

»Wann?«

»Gegen Abend?« Ich senke den Blick, damit ich mich nicht verrate. Ich kann Überraschungen kaum für mich behalten. Zugleich habe ich Sorge, er könnte mir übel nehmen, dass ich an seinem Telefonbuch gewesen bin und die Nummern seiner Freunde herausgeschrieben habe. Sie wollen alle zur Fete kommen.

»Wird Paul auch da sein?« Er rollt den Saum des Tischtuchs auf.

Ich beiße auf der Unterlippe herum.

»Nein, er ist verreist. Aber er bedauert, nicht mitfeiern zu können.«

Max rümpft die Nase.

»Julia und die Kids kommen.«

»Aha.« Er rollt die Tischtuchecke wieder aus.

»Nachher gehe ich dann noch weg, okay?«

»Klar doch!«

»Und jetzt auch«, sagt er und trollt sich in die Schule.

Ich bereite eine Malakofftorte zu und überlege, wie Paul das Vertrauen von Max wieder gewinnen könnte. Sie müssen sich ja nicht unbedingt lieben, aber miteinander leben können.

Als die Torte im Kühlschrank steht, ruft Julia an.

»Ich hab ein tolles Geschenk für dein Mäxchen.«

»Nenn ihn bloß nicht in seiner Anwesenheit so, bitte.«

»Einen Kopfrasierer. Elektrisch mit Ladegerät.«

Fein. Dann wird er die grässlichsten Frisuren kreieren. »Das wäre nicht nötig gewesen, Julia.«

»Mein einziger Neffe!«

Schon klar.

Sie legt auf und ich packe mein Geschenk ein. Dann dekoriere ich das Wohnzimmer wie jedes Jahr zu seinem Geburtstag mit Papierschlangen und Sonnen, Monden, Sternen. Doch plötzlich bin ich mir gar nicht sicher, ob Max das überhaupt noch haben will? Was ist, wenn er es lächerlich und peinlich findet, das wäre furchtbar.

Lieber klettere ich erneut auf Sofa und Stühle und ziehe die Deko wieder ein. Das Buffet unterlege ich mit einer tabakbraunen Tischdecke und nehme schwarze Kerzen statt der gelben. So sieht es erwachsener aus.

Zu Max' erstem Geburtstag hatte ich alles weiß und himmelblau dekoriert. Sogar die Torte war mit Vergissmeinnicht aus Marzipan verziert. Das eine Kerzlein, das er ausblasen sollte, stand in der Mitte auf der Glasur. Mit aufgeblasenen Wangen spuckte Max die Flamme aus. Danach gehörte ihm die Torte ganz allein.

Als Max von der Schule kommt, verwehre ich ihm den Eintritt ins Wohnzimmer. Auch in die Küche darf er nicht, weil dort das Chili brodelt.

»Sag mal, planst du irgendwas Blödes?« Er steigt von einem Bein aufs andere.

Ich markiere die Ahnungslose.

»Übrigens, Mario hat angerufen, er fragt, ob du auf einen Sprung rüberkommen könntest.«

Mario ist Max' Freund seit der ersten Klasse und ich habe gestern mit ihm konspiriert.

»Na schön, ich bin hier anscheinend eh nur im Weg.«

»Gute Idee«, sage ich und schiebe ihn ins Stiegenhaus hinaus.

»Mütter«, höre ich ihn stöhnen.

Gleich darauf ist Julia da. Ihren Kindern bieten wir eine Disney Filmvorführung exklusiv in meinem Schlafzimmer; bei geöffneter Tür haben wir alles gut im Blick von der Küche aus.

Julia lässt den Korken knallen.

»Ohne einen gewissen Alkoholpegel überstehen wir die vielen Youngsters nicht, gell?«

Ich bringe die Sektgläser. Zwischendurch rühre ich das Chili um, und Julia stellt Pappteller und Becher aufs Buffet im Partyzimmer. Ich öffne die zweite Sektflasche, die als eiserne Reserve im Kühlschrank liegt. Geplant war, sie mit Paul in einer heißen Liebesnacht zu trinken, warum meldet er sich schon wieder nicht?

»Prost«, rufe ich in Richtung der beiden Kleinen, die sich auf dem Teppich ineinander verbeißen.

Julia zerrt sie auseinander, setzt sie wieder auf mein Bett. »Schaut den Film fertig an, dann gibt es eine Überraschung.«

Die nächste halbe Stunde ist Ruhe.

»Was ist mit Paul«, fragt sie.

»Lassen wir das. Heute nicht.« Ich trinke mein Glas mit einem Schluck leer.

»Alles klar. Was sagst du denn zum Wetter?«

Wir kriegen einen Lachanfall.

Nach dem Film drückt Julia Anna eine Puppe in die Hand und Sven einen Bagger.

»Hab ich extra gekauft, damit sie brav sind.«

Aha. Er schleudert den Bagger auf seine Schwester. Sie brüllt.

Es klingelt und wie vereinbart, tröpfeln Max' Freunde herein. Mario hat die Weisung, ihn erst zu bringen, wenn ich anrufe.

Julia versucht, ihre Kinder mit einem Würfelspiel abzulenken, und die Jungs warten im dunklen Wohnzimmer auf Max. Er kommt mit Mario.

»Hi«, sage ich, »geht schon mal rein.«

Auf dieses Stichwort brüllen zehn Jungmännerstimmen: »Jou, Max«, und ein Wunderkerzenfeuerwerk erhellt den Raum. Max grinst von einem Ohr zum anderen.

Später rasieren sich die Jungs gegenseitig Frisuren mit Julias Geschenk – morgen werde ich aus allen Ecken die Haare zusammenfegen müssen.

Julia ist nach Hause gefahren, Sven und Anna wollten nicht aufhören zu streiten und ich mache mir Sorgen, ob das auf Dauer mit den dreien gut gehen wird. Monster hat sie die Kinder genannt und die Tür zugeknallt.

Jetzt trinke ich den Sekt alleine aus.

Nach dem Chili serviere ich die Torte.

Max packt die anderen Geschenke aus. CDs, Computerspiele, seine Freunde wissen, was er gerne hat.

Schließlich wickelt er mein Päckchen auf und hält es hoch. Er sieht hilflos aus.

»Was ist das, Mama?«

»Da hinein kann man Songs schreiben oder Gedichte oder es als Tagebuch nehmen.«

»Aha. Danke.« Er legt das in Leder gebundene Filofax beiseite.

»Schau doch mal rein, Max, bitte!«

Er tut's und wird rot, schreit: »Mama! Das ist doch viel zu viel!« Endlich kann er mich umarmen, die Überraschung ist mir gelungen. Er wollte immer schon ein cooles Rennrad haben, er fächelt sich mit dem Gutschein für den Laden Luft zu.

»Also dann feiere schön weiter, Großer«, sage ich und schiebe ihn zurück zu seinen Freunden. Ich ziehe mich in die Küche zurück. Vielleicht macht ihm das Schreiben auch noch eines Tages Freude. Ich begann mit sechzehn damit. Zuerst Gedichte. Die schreibe ich heute noch auf Papier. Aus dem Zimmer erschallt Gegröle. Ob ich Max überfordere?

Gegen elf verabschieden sich seine Freunde – morgen ist ein ganz normaler Schultag.

»Dein Großvater hat geschrieben. Ich dachte, du könntest es auch probieren?«

Er setzt sich neben mich, umarmt mich.

»Wenn du meinst, klar. Aber nicht jetzt, hm«, sein Kuss auf meine Wange ist liebevoll. »Morgen hol ich mir das supergeile Rad!«

Paul hält sich die Hand vor Augen

Als Paul von seiner Reise zurückkommt, habe ich alles, was ich über ihn geschrieben hatte, gelöscht. Es kam mir plötzlich lächerlich und falsch vor. Er ist ein anderer.

Nach einem Kuss fragt Paul nach Julia.

»Geht so«, antworte ich, »sie hat Riesenkatzenjammer, sie braucht einen lieben Mann.« Ich setze mich neben ihn. »Einen, der ihre Kinder mag und der zu ihr hält«, sage ich deutlich.

Paul nimmt meine Hand, das tut gut. Aber als er sich diesmal mit dem Mittelfinger über die Stirn streicht, hält sich meine Begeisterung in Grenzen. Beinahe verärgert mich diese Geste. Ich gehe in die Küche. Meine Gedanken springen zwischen Julia und Paul hin und her. Als ob beide gleich wichtig für mich wären.

»Julia ist wichtiger«, kämpfe ich mit mir selbst.

»Was sagst du«, ruft Paul aus dem Wohnzimmer.

»Nichts!«

»So, so.« Er steht im Türrahmen.

Ich schenke uns Kaffee ein.

»Cooler Song«, sagt er.

Ich habe nicht gemerkt, dass ich summe, und trage die Tassen zum Sofa. Paul setzt sich wieder neben mich.

»Hör mal, ich halte es nicht aus, wenn du Max angehst. Das hält keine Mutter aus.«

»Meine schon«, antwortet er. Dann lehnt er sich zurück. »Es war einmal ein kleiner Junge mit meerblauen Augen. Oft hielt er sich die Hand davor, damit seine Eltern sie nicht sehen konnten. Die Tränen verbiss ich mir, wohlerzogen saß ich still am Tisch. Erst viel später begriff ich, dass ich mir gar nicht so große Mühe hätte geben müssen, Vater und Mutter hätten es gar nicht bemerkt. Sie hatten nur Augen für sich, sie waren einander verfallen. Für mich hatten sie nichts mehr übrig. Mit sechs kam ich in ein Internat, das von Klosterschwestern geführt wurde. Von da an saß ich nur an Wochenenden und in den Ferien am Tisch meiner Eltern.« Paul erzählt mit geschlossenen Augen weiter. »Weihnachtsferien. Ich war ganz aufgeregt vor Erwartung, immerhin hatte ich das erste Halbjahr wirklich gut geschafft, viele Goldsternchen klebten im Aufgabenheft. Mutter klopfte mir lobend auf den Hinterkopf. Eine der seltenen Zuwendungen. Bestimmt würde die Bescherung bei so viel Fleiß dementsprechend ausfallen, hoffte ich. Im Wohnzimmer stand der geschmückt Weihnachtsbaum. Mutter bereitete Vaters Lieblingsgericht zu: Rindsuppe mit Nudeln und Tafelspitz mit Apfelkren und knusprigen Bratkartoffeln. Zum Dessert gab es Schokoladecreme mit Rum. Ich mochte das nicht so gern, hätte lieber Fleischlaibchen mit Püree und zum Nachtisch Eis gehabt. Trotzdem freute ich mich. Vater ging noch einmal weg, seinen Kumpels ein schönes Fest wünschen, er wäre gleich zurück, sagte er. Mutter schepperte mit dem Geschirr herum. Sie deckte den Tisch, dann warteten wir und warteten. Es war neun durch und noch kein Vater in Sicht. Mutter rauchte eine Zigarette nach der anderen, das Essen war zerkocht, und die Geschenke lagen eingepackt unter dem Baum. Ich war auf der Couch eingeschlafen. Entsetzlicher Lärm weckte mich auf. Vater warf den Weihnachtsbaum aus dem Fenster, er schmiss alle Päckchen hinterher und er brüllte: Ich hab's satt! Ich habe es so satt! Dann ließ er sich erschöpft in den Lehnsessel fallen und schlief ein. Die Mutter heulte, schluchzte: Ich lasse mich scheiden, du besoffenes Schwein. Was glotzt du so? Ab ins Bett, sagte sie zu mir. Ich presste die Hand auf die Augen.«

Ich habe keine Ahnung, was ich sagen soll. Zum Glück lächelt Paul mich an.

»Du hast es ja bestimmt schon in meinem Tagebuch gelesen. Kannst du gern für deinen Roman verwenden, Marie.«

Ich huste. »Ich dachte, ich … ach, ich weiß auch nicht, lieber über dich als Mann.«

»Ich bin mehr als der Ex einer Millionärstochter«, sagt er.

Mir bleibt der Mund offen stehen und Kaffee tropft vom Kinn. »Wie blöd.« Ich reibe die Flecken aus der Bluse.

»Möchtest du trotzdem noch was hören?«

Eigentlich nicht, aber ich nicke.

»Die Klosterschwestern gingen nicht nur barmherzig mit uns um. Ging es um Sauberkeit, kannten sie keine Scham; selbst zwischen den Beinen schrubbten sie uns mit der Reißbürste.« Er verzieht sein Gesicht im Schmerz der Erinnerung.

»Eine hatte es ganz besonders auf mich abgesehen. Da ich beschnitten bin, nannte sie mich einen Ungläubigen und sie drohte mir, sie schrubbe mich zur Demut. Einmal pro Woche diese Tortur, meine Eichel entzündete sich. Vor Schmerz traute ich mich nicht zu Pinkeln und machte im Schlaf ins Bett. Zur Strafe musste ich nachmittags in der Wäscherei helfen. – Das steht übrigens nicht im Tagebuch vom kleinen Pauli. Ich hatte Angst, meine Mutter könnte es finden und lesen.«

Ich halte mir die Ohren zu.

»Ach, Marie …«, sagt er nur.

Der Alltag zieht ein

Bis auf die Wochenenden, an denen Paul seine Söhne zu Besuch hat, wohnen wir nun wie ein Ehepaar zusammen. Wenn wir mal verheiratet sein werden, muss diese Geheimnistuerei aufhören.

»Paul, was ich dich schon lange einmal fragen wollte ... du weißt schon, im Januar«, rufe ich ihm unverbindlich aus der offenen Küchentür zu. Er sitzt im Wohnzimmer und blättert in meiner Modezeitschrift.

»Ja?«

Ich lasse das Salatbesteck in die Schüssel fallen und fasse mir ein Herz: »Wer war damals am Telefon?«

»Keine Ahnung.«

Ich linse um die Ecke, beobachte ihn genau. Fühlt er sich ertappt? Doch nein, er bleibt gelassen, gähnt beim Anblick der Supergirls in Chiffon. Ich finde das beruhigend.

»Da war eine Frau dran und ich legte auf, weil ich so überrascht war. Sie sagte: Paul, da ist ein Stummer dran. Hm? Erinnerst du dich jetzt?« Ich stelle die Salatschüssel auf den Tisch und setze mich neben ihn. Er legt die Girls beiseite.

»Eigentlich nicht«, sagt er.

»Bitte, streng dich an. Das steht immer noch zwischen uns, es geht mir nicht aus dem Kopf.« Ich lege meine vom Salatwaschen noch nasskalte Hand auf seinen Oberschenkel. Er zuckt zusammen.

»Ach wie angenehm, meine Süße«, stöhnt er wollüstig.

Ich frage mich, ob wir nicht an den Waldsee fahren sollten, um vielleicht im Wasser …, denn seit der Hochsommer die Wohnung in eine Gluthölle verwandelt hat, leben wir beinahe ohne Sex.

»Marie! Wieso denkst du an jemanden, den ich schon längst vergessen habe?«

Ich überlege mir die Antwort genau. Wir führen eine ideale Liebesbeziehung. Alles ist harmonisch und voll Wonne. Seitdem wir beschlossen haben zusammenzubleiben, gibt es keine Auseinandersetzungen mehr. Mein innerer Ratgeber räumt ein, dass ich das Problem hätte ruhen lassen können, bis es sich eines Tages von selbst löst.

Paul schweigt. Doch ich werde ihm so lange keine Ruhe lassen, bis er sich erinnert. Ist das Wendys Pfad? Verdammt, ich weiß es wirklich nicht. Es könnte auch Tinkerbells sein.

»Paul, ich muss es wissen!«

»Eine helle Stimme«, fragt er plötzlich.

»Piepsig und irgendwie banal.« Jetzt habe ich mich verraten, aber es musste raus.

Er schüttelt den Kopf. »Was könnt ihr Frauen doch boshaft sein.«

»Wenn es aber doch so war.« Ich schaufle Salat auf die Teller.

Paul kaut.

Das Nachdenken steht ihm gut, er sieht so hübsch dabei aus. Eine steile Falte teilt die Stirn, die Augen verengen sich, die Kiefer mahlen, aber nicht so entsetzlich verkrampft wie bei Charlton Heston, es ist ja nur Salat.

»Meine Exfrau hat eine banale Stimme«, sagt er nach einer Weile, »zu Jahresbeginn besuchte sie mich, sie wollte eine Erhöhung der Alimente durchsetzen. Sie hebt jedes Telefon ab, das klingelt.«

Ich schiebe meinen Teller weg. »Ich würde deine Ex gerne kennenlernen.«

»Nein!« Rigoros.

»Ihr seid schon so lange auseinander, da müsste längst Frieden herrschen.« Ich möchte das Original sehen, nicht die Legende. Paul kann hundertmal sagen, dass sie ihm nichts mehr bedeutet. Sie ist die Mutter seiner Söhne und die Tochter eines Millionärs, ich will ihr in die Augen blicken.

»Spinnst du? Inge würde uns fertigmachen. Sie darf nie wissen, dass es eine neue Liebe in meinem Leben gibt.«

Liebe – ich strahle wie ein Dutzend Zwölfvoltlämpchen.

»Bitte Marie, ich liebe meine Jungs.« Er wirkt plötzlich erschüttert, der Gedanke, dass er seine Söhne nicht mehr sehen dürfte, hat ihn entsetzt. So sehr liebt er sie, dabei hatte er mir Eric und Marc als verwöhnte eigennützige Bande geschildert. Einmal im Monat verbringt er mit ihnen ein Wochenende. Ich darf nicht einmal anrufen, wenn sie bei ihm sind, jetzt ist mir klar, warum. Inge muss die geborene Tinkerbell sein, kapriziös, herrisch und extravagant, mächtig. Ich schließe die Akte.

»Wollen wir an den Waldsee fahren, Liebling? Wir könnten schwimmen?« Ich lege die Arme um seinen Hals, er ist nass vor Schweiß, ich bleibe an ihm kleben.

Hundstage

Der See ist still. Ich lasse mich ins Wasser gleiten, bin umgeben von blauem Grün und dem seltsam klingenden Gluckern, beinahe unheimlich. Meine Hände teilen die Algenwand, sie schmiegt sich um meinen Körper. Plötzlich fühle ich mich alleingelassen und tauche auf.

»Hier bleibe ich«, rufe ich ihm zu.

Er antwortet nicht, ich blicke mich um. Die Decke auf der Wiese ist verwaist und im Wasser kann ich ihn auch nicht sehen.

»Paul«, schreie ich.

Nichts. Nur die kleinen Wellen, die sich in den Kieseln brechen. Ich schwimme zum Ufer.

»Paul? Wo bist du denn? Sag doch was«, rufe ich, ziehe die Sandalen an und laufe zum Parkplatz.

Das Auto steht in der gleißenden Sonne. Im Nu ist mein Badeanzug trocken. Allmählich werde ich wütend. Was fällt ihm ein? Er hätte mir doch Bescheid sagen können, wenn er weg geht. Ich kehre zum Ufer zurück und lege mich verschwitzt auf die Decke. Vom wolkenlosen Himmel sticht die Sonne herab.

Was, wenn ihm etwas zugestoßen ist? Vielleicht

ist er erhitzt ins Wasser gesprungen, hat einen Herzschlag bekommen und ist ertrunken? Oder er liegt mit gebrochenem Bein im Wald, umzingelt von Ameisen, die ihn langsam auffressen. Die Angst hält mich gefangen. Plötzlich friere ich und ziehe ein Shirt über.

»Paul«, brülle ich immer wieder. Die Furcht treibt mich an, ich laufe in den Wald hinein, abwechselnd rufend und innehaltend, damit ich die leiseste Antwort nicht überhöre. Das Naturschutzgebiet ist verwildert und unwegsam.

Irgendwann verliere ich die Orientierung und weiß nicht mehr, in welcher Richtung der Weiher liegt. Ich bin mir sicher, dass Paul schwer verletzt irgendwo liegt und dass ich, wenn die Nacht hereinbricht, von Wölfen oder Bären aufgefressen werde. Heulend vor Angst stolpere ich durchs Unterholz, Äste knacken unter meinen Sohlen. Schwer atmend erreiche ich eine Lichtung.

Dieser Scheißkerl sitzt mit geschlossenen Augen in einem Steinkreis und meditiert! Was bin ich doch für eine hysterische Ziege! Ich stürze mich auf ihn.

»Marie! Was ist denn passiert? Du bist ja völlig fertig!« Er drückt mich an sich, was mir wilde Schluchzer entreißt. Als ich mich langsam beruhige, bricht es aus mir heraus.

»Mach das nie wieder mit mir!«

»Ich war doch nur eine halbe Stunde weg, außerdem habe ich dir zugerufen, dass ich in den Wald gehe.«

»Hab ich nicht gehört. Wie denn auch unter Wasser?«

»Ach, du«, sagt er.

»Was tust du da überhaupt? Wieso meditierst du? Warum weiß ich nichts davon?«

Paul droht lächelnd mit dem Zeigefinger.

»Die drei W-Fragen!«

Ich kann wieder lachen.

Wir gehen zurück. Weiß der Teufel, welchen verschlungenen Pfaden ich gefolgt bin; mit Paul sind es hundert Meter gerade hinaus.

»Hast du mich nicht rufen hören?«

»Nein, wenn ich in einer Meditation bin, dann höre ich nichts.«

»Hm.«

Bevor wir nach Hause fahren, gehen wir noch einmal ins Wasser. Wir schwimmen um die Wette und schließlich machen wir das, weswegen wir hierhergekommen sind. Es ist wundervoll, solange einer die Beine am Boden behält. Als Paul die Leidenschaft überkommt, rutscht er weg, und wir tauchen unter. Prustend verschieben wir es auf später. Wir planen, die Laken in der Gefriertruhe zu kühlen.

Die Stadt ist wie ausgestorben. Direkt vorm Haus sind Parkplätze frei. Die ausgestandene Angst hat ein Gefühl von Betrunkenheit hinterlassen. Ich kenne das aus meiner Kindheit, es war das Gleiche, wenn ich aus der Geisterbahn gestiegen bin.

Vor der Wohnungstür sitzt Julia. Die Kinder sind bei unserer Mutter im Sommerhaus. Mein Sohn ist mit seiner Flamme eine Woche ans Meer gereist.

»Was ist denn los«, frage ich.

»Chris kommt nächste Woche zurück. Er rief aus Kingston an.«

»Was wirst du tun?«

Sie rümpft die Nase.

Julia und ich liegen auf dem Boden, wo es kühler ist. Wir trinken Cola mit Eiswürfeln.

»Marie, ich hab's dir bisher nicht gesagt, weil ich vermeiden wollte, dass du was Blödes von dir gibst.«

»Bitte?« Was meint sie denn um Himmels Willen? Ich bin doch kein unsensibles Monster! Sie schluckt, setzt sich auf. »Ich bin seit damals im Winter, als ich mich umbringen wollte, in einer Gruppentherapie für Polytoxikomane.«

Ach du süße, goldige Schwester!

Ich könnte schreien vor Freude, dass sie endlich so weit ist. Aber ich unterlasse es, denn ihr Gesicht ist knallrot. Sie muss sich doch nicht schämen, im Gegenteil. Um ihr die Peinlichkeit zu nehmen, blödle ich wie Papa herum, zucke vielsagend mit den Augenbrauen und sage: »Poly ... was?«

»Ich bin Polytoxikomanin.«

»Mein armes Schwesterchen, ich hatte ja keine Ahnung! Wurdest du deswegen schon erwischt?« Ich krieche zu Julia hinüber, umschlinge sie mit Armen und Beinen.

Sie prustet vor Lachen, gibt mir eine Kopfnuss.

»Du kannst echt so blöd sein, Marie! Ich klaue nicht, sondern bin auf alles süchtig!« Sie befreit sich aus meiner Umklammerung, wischt unser beider Schweiß von ihren Armen. »Ich habe dort gelernt, wovor ich mich in Acht nehmen muss und wo die Notbremse ist. Die meisten sind viel schlimmer drauf als ich, voll kaputt. Gott sei Dank habe ich ja noch einen Beruf und Kinder, die mich brauchen.«

»Ich bin so stolz auf dich«, sage ich, fürchte aber Dschingiskhan-Rastaman vor den Toren Wiens. »Wie soll es denn mit Chris laufen? Hast du eine Idee?«

Julia haut mit der Faust auf den Boden. »Ich darf mich nicht mehr einkochen lassen. Er ist mein Hauptgift. Kaum ist er weg, geht es mir blendend, ich will ihn nicht mehr.«

Ich hoffe es.

»Lasst uns von etwas anderem reden«, sagt sie und steht auf, »ich decke den Tisch.«

»Nur noch eins«, sage ich, »Paul und ich helfen

dir, durchzuhalten!« Als Paul eine Schüssel Avocadocreme hereinbringt, wirft er mir einen missbilligenden Blick zu.

Kaum ist Julia aus dem Zimmer, äfft er mich nach: »Wir helfen dir, Julia. Sind wir Therapeuten, Marie?«

Ich schüttle den Kopf.

»Eben.«

Beim Essen erzähle ich von unserem Nachmittag am See.

»Du meditierst?«, fragt Julia.

»Und?«, antwortet Paul kauend. Plötzlich frage ich mich das auch. Warum, was treibt ihn dazu? Er stellt seinen Teller beiseite. »Glaubt ihr, nur weil ich nicht in gelb-orangen Gewändern umhergehe, steht mir nicht der Sinn nach Höherem?«

»Also, wenn ich an deine Motorradfreunde denke …«

»Warum nicht Motorrad fahren und meditieren?«

Julia scheint es zu gefallen, so wie sie ihn ansieht. »Dann weißt du ja, wie es ist, wenn man aufhören will«, sagt sie.

»Ich stieg von Bier und Schnaps auf Whisky und Kokain um. Echt heftig, aber ich merkte es nicht. Zog nachts Rock'n'Roll brüllend durch die Kneipen, bis ich bis ich eines Tages neben einer Frau aufwachte, die ich nie zuvor gesehen hatte. Aber sie erschrak auch.«

Sieh an. Deswegen der Spitzname.

»Und wie hast du das dann in den Griff bekommen?« Julia starrt Paul mit großen Augen an.

»Meditation.«

Andere scheitern und Paul meditiert. Verblüffend.

»Man muss es wollen. Ich bin bei den Anonymen Alkoholikern.«

Noch etwas, das er mir nicht anvertraut hat, da kommt ja wirklich Freude auf. Zugleich bin ich froh, dass er das im Griff hat. Papa trank, bis sein Körper nicht mehr mitmachte. Julia ist ihm so ähnlich.

»Was ist mit dir?«, fragt sie mich. »Du hast eine Gänsehaut.«

Meine Zähne schlagen aufeinander, ich reiße sie zu einem Lächeln auf. »Schnupfen?«, sage ich lahm.

»Aber geh, das ist wohl die Verdunstungskälte, oder möchtest du einen heißen Tee?«

Ich winke ab und gehe hinaus.

Im Badezimmer atme ich durch. Wie kann ich so etwas nur denken! Jetzt, wo Chris abserviert ist, wird Julia erblühen wie eine Rose, einen guten Mann kennenlernen, und wenn wir alt sind, werden wir vorm Waldhaus in der Sonne sitzen, uns totlachen übers Leben, während wir Cremeschnitten auf der Zunge zergehen lassen.

Ich strecke meinem Spiegelbild die Zunge heraus. Als ich zurückkomme, setzt Julia sich mit gekreuzten Beinen auf den Boden.

»Zeig mir, wie das funktioniert mit der Meditation, Paul.«

»Fahren wir doch morgen zum Steinkreis, man braucht Ruhe, um sich einzustimmen«, sagt er. Ich biete Julia an, bei uns zu übernachten.

»Und in der Früh geht Paul mit dir zum kleinen See auf die Lichtung.«

Unvollkommenheit

Über Nacht haben sich Wolken gebildet. Es ist so schwül, dass wir es nur im Wasser aushalten.

Julia zuliebe setzen wir uns doch in den Steinkreis. Ich kämpfe gegen den Drang an, loszukichern. Paul kommt mir albern vor. Seine esoterische Seite überfordert mich, als Macho gefällt er mir besser. Trotzdem versuche ich heilig auszusehen, da lacht er los. »Marie, ich bitte dich!«

Wir sollen die Augen schließen und in den Bauch hinein atmen. Mir wird schwindlig, aber ich halte mich tapfer, sollte ich dennoch umkippen, werden sie es schon merken.

»Wir haben den Anspruch auf Vollkommenheit«, sagt Paul, »wir übernehmen ihn von unseren Eltern, es entsteht unser Eltern-Ich. In ihm sind unsere eigenen negativen Glaubenssätze verankert und wir stellen an uns selbst den Anspruch der Perfektion in allen Disziplinen. Damit überfordern wir unser unvoreingenommenes inneres Kind. Manchmal so sehr, dass wir hilflos werden und so traurig darüber, dass wir Drogen nehmen. Wenn wir unsere Unvollkommenheit akzeptieren, werden wir frei.«

»Aha«, sage ich.

»Marie, bitte!«

Ich drücke die Augen zu.

»Spürt euren Körper, spürt, wo er warm ist und entspannt, spürt, wo er kühl ist und wo es kribbelt.«

Mich kribbeln die Ameisen. Es war durchaus angenehm, Paul zuzuhören, still zu halten und sich zu konzentrieren, aber jetzt kann ich mich nicht mehr beherrschen. Ich springe auf, klopfe mich ab und fange mir einen bohrenden Blick ein.

»Erinnere dich an Momente«, fährt Paul mit lauter Stimme fort, »in denen du dich unvollkommen gefühlt hast. Was hat dein Körper gemacht?«

Ich setze mich schnell wieder hin, bevor Paul die Geduld verliert.

»Bei welcher Art von Menschen passiert es dir genauso? Wie sehen sie aus, was sagen sie, damit du dich klein und schlecht fühlst?«

Hm, da fällt mir aktuell nur einer ein.

»Wie spürst du jetzt deinen Körper. Gibt es Regionen, die sich verändert anfühlen? Kleiner, größer, weicher, härter, spüre nach.«

Wenn Paul wüsste, woran mich das erinnert. Ich muss mich so beherrschen, um nicht loszuprusten. In diesem Fettnapf würde ich ertrinken. Paul wechselt den Platz, wahrscheinlich wegen der Ameisen.

»Lass dein inneres Kind und dein Eltern-Ich zuhören, was dein Erwachsenen-Ich von heute zu sagen hat: Was ist schon perfekt? Was ist vollkommen?

Schau dir die Natur an. Gibt es perfekte Berge? Wiesen?«

Ameisen.

»Perfekt ist Gezüchtetes, Kultiviertes. Immer ein wenig langweilig, fad, blass und kränklich.«

Paul hat recht. Ich setzte mich gerade hin. Ich werde dem Eltern-Ich verbieten, mich fertigzumachen. Basta.

»Deine Unvollkommenheit lässt dich du sein, eine wunderbare Einzelanfertigung auf der Welt. Entspanne dich nun. Bleib noch eine Weile bei dem Gefühl und ruhe aus, atme sanft, und beende die Meditation.«

Paul legt die Hand auf meine Schulter, ich öffne die Augen. Wo sind die Ameisen? In diesem Moment kracht ein Donnerschlag und der Himmel gießt eimerweise Wasser über uns aus.

»Scheiße«, brüllt Paul.

Wir rennen. An sich idiotisch, trotzdem rennen wir wie von Wölfen gejagt.

»Und? Wirst du weitermachen«, frage ich Julia, als wir uns verabschieden.

»Nein.« Sie verzieht den Mund. »Ich habe das Gefühl, dass sich die Ameisen in meinem Slip herumtreiben.«

Ich gröle los.

Es hat abgekühlt. Herrlich. Allerdings quietscht mein Teppich vor Nässe. Auch die Matratze ist patschnass. Letzte Nacht hatten wir das Bett unters Fenster geschoben.

Mona wird mir einen Vorschuss aufs Weihnachtsgeld geben müssen. Fraglich, ob das auch für den Holzboden reichen wird.

»Der Teppich war eh für die Katz', reine Synthetik«, meint Paul.

Soll das etwa ein Trost sein? Achthundert Euro beim Geier. Aber ich nicke, vor allem bin ich müde.

Mona

Bei der Hitze ertrage ich den Gestank in den Linienbussen nicht. Außerdem schauen die schweißnassen Fahrgäste besonders griesgrämig drein. Dicht gedrängt beäugen sie einander argwöhnisch, es genügt, einen Sitz zu beanspruchen, der als Paketabstellplatz missbraucht wird, und der Krach ist in vollem Gange. Sollte man es wagen, als einzige aussteigen zu wollen, fängt man sich um ein Haar Tritte von jenen ein, die den Türbereich besetzt halten.

Drum gehe ich zu Fuß zur Arbeit, selbst wenn mir die Sonne unverdrossen auf den Kopf knallt und ich zu spät komme, so wie jetzt.

»Es wird Zeit«, mault Mona.

Hab dich nicht so, denke ich, sonst bin ich die Erste im Laden. Aber Chefin ist Chefin, besonders wenn sie schlechte Laune hat.

So sage ich: »Zu Hause herrscht Chaos, es hat reingeregnet und alles ist hin.«

»Du bist ein Schussel, Marie«, sagt sie, anstatt mir einen Vorschuss anzubieten. Zudem grinst sie hämisch. Seit sie weiß, dass der Mann meiner Träume mich zu seiner Traumfrau auserkoren hat, ist unsere Freundschaft dahin. Das ist der Neid. Denn sie trifft nur verheiratete Männer oder derart eingefleischte Junggesellen, deren Schrullen noch unerträglicher als die Ehefrauen der verheirateten Männer sind.

Ein scharfer Unterton liegt neuerdings in ihren Anweisungen. Mach dies, tu das.

Die Buchhandlung haben wir zusammen aufgebaut, aber sie hat das Geld reingesteckt, so bin ich Angestellte geblieben. Aber ohne meine Ideen und mein Engagement wäre nichts daraus geworden. Diese Gewissheit stärkt mein Selbstwertgefühl, auch wenn Mona es nicht wahrhaben will.

Außerdem habe ich ihr einmal das Leben gerettet!

Damals stand sie mitten in der Nacht verheult, mit ihren Kindern an der Hand, vor meiner Tür.

»Willi ist komplett durchgedreht, Marie!«

Max war ein paar Jahre jünger als ihre Kinder und ich war noch verheiratet. Mein Mann war wieder einmal im Nirgendwo unterwegs. Immer, wenn ich nachfragte, wo er gewesen wäre, antwortete er: »Nirgendwo.«

Nachdem wir den beiden Kindern Notbetten in Mäxchens Zimmer errichtet hatten, erzählte Mona von ihrem Drama. Zu der Zeit wusste ich noch nichts vom Peter Pan-Syndrom.

Monas Willi war extrem. Er warf Captagon ein, als seien es Gummibärchen. Damals wurde das Zeug rezeptfrei als Appetithemmer verkauft, heute ist es verboten und die Abhängigen müssen es auf dem Schwarzmarkt besorgen. Ständig lagen seine Nerven blank. Seine Reizschwelle war so niedrig, dass er wegen allem ausrastete. Diesmal war es ein verbrannter Toast. Er stieß die Bücherregale um und warf die Katze aus dem Fenster. Sie war zum Glück sofort tot. Mona war am Ende, sie konnte nicht mehr. Aber anstatt zu überlegen, wie sie Willi loswerden könnte, führten wir Bandwurmdiskussionen darüber, wie ihm zu helfen sei. Wie bescheuert sind Frauen eigentlich?

Mona blieb wochenlang. Willis Telefonbombardements entgingen wir, indem wir den Hörer neben die Station legten. Seinen Terror an der Tür ignorierten wir eisern.

Nur manchmal brüllten wir: »Verpiss dich, Alter! Sonst holen wir die Bullen!«

Irgendwann blieb er weg. Dafür flatterte uns ein Brief ins Haus. Willi schrieb, er würde die Sache einem Anwalt übergeben und Mona bräuchte nicht einmal im Traum daran denken, dass er einen Cent Unterhalt bezahlen würde. Bei der Scheidung wurde er dazu verurteilt, meldete sich jedoch arbeitslos.

Ein Jahr später starb er beim Sex an einem Herzinfarkt. Die Frau rief Mona kreischend vor Panik an, nachdem sie sich unter ihm hervorgewunden hatte.

»Er hat es nicht besser verdient, nicht wahr?«, jammerte Mona mir ins Ohr.

»So einen schönen Tod hat er gar nicht verdient. Reg dich nicht auf.«

»Ja«, sagte sie.

Wir dekorieren das Schaufenster um. Im Sommer verkaufen sich Bücher schlecht. Die für die Reise gekauften liegen längst feucht und fleckig neben dem Handtuch im Sand oder landen im Papierkorb des Hotelzimmers. Wir ignorieren die glühende Sonne und drapieren bunte Blätter und Kastanien um die Bücher in der Auslage.

»Mona?«

»Ja?« Sie steht auf der Leiter, um die verstaubten Herbstgirlanden vom Vorjahr an die Decke zu knüpfen.

»Erinnerst du dich noch an deine Endzeit mit Willi«, frage ich.

»Nur das nicht!«

»Eigentlich hatten wir damals eine wirklich gute Zeit. Du hast bei mir gewohnt und wir haben viel zusammen unternommen. Schade, dass du immer deutlicher den Chef herauskehrst.«

Mona steigt hinab. »Das tut mir leid. Das war niemals meine Absicht, Marie.«

Ich glaube ihr nicht, lächle sie jedoch freundlich an.

»Was meinst du? Gehen wir mal wieder zusammen aus, solange dein Paul auf Reisen ist?«

Was sind das für Männer?

Mich überkommt ein Gefühl von Freiheit. Ich habe die Wohnung eine Woche lang für mich allein.

»Strohwitwe«, flüstert eine Stimme in meinem Kopf.

Sofort ermahne ich mich zur Vernunft.

»Spielverderber«, piepst es zurück.

Ich zwinkere meinem Spiegelbild zu, nichts Unrechtes werde ich tun. Ich werde nur um die Häuser ziehen.

Mona ist pünktlich.

»Hoppla!«, sage ich.

Sie hat sich entpuppt, die Bücherraupe. Seit sie den Laden hat, trägt sie Grau.

Ich stolpere vor Schreck über die Schwelle. Anerkennend pfeife ich durch die Zähne. Vor Freude schwingt sie die Hüften, wodurch die Andeutung von Röckchen – als Mini kann ich das nicht mehr bezeichnen, eher ist es eine Bauchbinde –, hochrutscht und fast die Schamgrenze sprengt. Der enge Pullover mit tiefem V-Ausschnitt ist auch nicht gerade dezent. Und das alles in Schreirot!

Sei's drum, soll sie endlich mal ihren Spaß haben.

Mona hat keine Ahnung, wo man die richtigen

Männer trifft, sie überlässt mir die Wahl. Auf Carlo habe ich heute keinen Bock und Discos sind nicht mein Fall. Da blitzt die Erinnerung an meinen ersten Abend mit Paul auf.

»Wir gehen in die skurrilste Kneipe von ganz Wien«, jauchze ich. »Du wirst Augen machen, Mona!«

Sie rümpft die Nase. »Ich dachte da eher an etwas Elegantes.«

Ich stoße die Tür vom *Ende der Welt* auf und schiebe Mona hinein, sie hat keine Chance. Der Heavy Metall Sound schraubt sich durch meinen Gehörgang. Wie beim letzten Mal hängen dichte Schwaden im Gewölbe. Die Barmaid mit der Augenklappe steht hinter dem Tresen.

»Das ist Harley-Jenny. Und der dort«, schreie ich in Monas Ohr, während wir uns zwischen den Faust-im-Nacken-Kerlen durchschlängeln, die wie weiland Marlon Brando außer cool nur cool sind, »der in der Ledermontur und den schweren Ketten, ist ein guter Freund von Paul.«

Wir haben die Theke erreicht.

»Tequila«, sage ich obercool.

»Hi, du bist doch die Neue vom Rock'n'Roll, was?«

Ich nicke stolz.

Jenny knallt uns die Schnäpse hin und beugt sich

vornüber. Mit offenem Mund starre ich in den Ausschnitt ihrer Lederkorsage. Ungerührt schiebt sie die Augenklappe ins Haar. Sie zwinkert mit dem milchig blinden Auge und zeigt netzbehandschuht in den Rauch.

»Da hinten sitzt Gigi, seine Ex«, sagt sie und grinst teuflisch.

Ich fahre herum.

Eine weibliche Person, umringt von harten Jungs. Mehr kann ich nicht erkennen. Schräg, sie dreht und windet sich an der Brust eines Mannes, dann an der eines anderen.

»Das muss ich aus der Nähe sehen«, sage ich und schlage die Zähne in den Zitronenspalt, streue das Salz, lecke es von der Hand. Meine Zunge fühlt sich rau wie eine Löwinnenzunge an. Den Tequila kippe ich auf einmal hinunter.

Jenny verschränkt die Arme über dem Dekolleté.

Die Zigarette im Mundwinkel, die Hände in den Hosentaschen, schlendere ich mit Mona im Schlepptau zu Gigi rüber. Sie wittert die Gefahr, für einen Moment stocken ihre Bewegungen.

Ich habe nicht geübt, aus dem Mundwinkel zu rauchen, der Hustenreiz, der mich überfällt, kommt zum denkbar schlechtesten Zeitpunkt. Zu allem Überfluss klopft mir Mona auf den Rücken.

»Lass das«, herrsche ich sie an.

Gigi grinst.

Die Kerle weichen, mein Blick verspricht das große Grauen. Ich baue mich vor Gigi auf, sie ist um einen Kopf kleiner als ich.

Auf einmal frage ich mich, was das eigentlich soll? Paul hat sie verlassen, was mache ich um Himmels Willen? Mein gekonnt grausamer Blick verwandelt sich in ein joviales Augenzwinkern. Ich strecke ihr die Hand entgegen.

»Wollte mich mal vorstellen.«

»Meditierst du auch?«, fragt Gigi und schüttelt meine Hand.

Als Paul aus Indien zurückkam, konnte sie nichts mehr mit ihm anfangen, erzählt sie.

Indien?

»Na ja, so ist das nun mal«, meint sie abschließend und scheint es zu bedauern. Nach der zweiten Runde Tequila verabschieden wir uns voneinander.

Jenny macht ein enttäuschtes Gesicht.

»Indien«, sage ich zu Mona. »Paul serviert mir alles häppchenweise, während ich ihm mein ganzes Leben aufdecken muss.«

»Und wieso nennt die ihn Rock'n'Roll?«, fragt Mona.

»Das ist eine lange Geschichte.« Ich werde ihr jetzt nicht aufzählen, wie wenig ich weiß, stattdessen nehme ich noch einen Tequila an der Bar.

»Hm. Du könntest wieder Femme Fatale werden, wie früher. Das hast du doch nicht verlernt?«

»Mach du mal die Femme Fatale, Mona, deswegen sind wir ja hier«, ermuntere ich sie. Verschämtes Kichern ihrerseits, dann pirscht sich endlich einer der Kerle in Leder an sie ran und spendiert ihr einen Drink. Süß, wie ihre Augen leuchten, wird echt Zeit, dass sie ein bisschen Spaß kriegt. Und wenns nur für eine Nacht ist. Eine halbe Stunde später hat sich das leider erledigt, denn in dem Moment, wo der Typ seine Hand unter Monas Bauchbinde verschwinden lässt, knallt sie ihm eine. Mit bebenden Händen werfe ich Scheine auf den Tresen, »stimmt so!«, packe Monas Hand und weg sind wir. »Du hast sie ja nicht alle, willst du morgen mit gebrochener Nase durch die Buchhandlung taumeln? Das sind harte Gesellen, denen kann man so nicht kommen.«

Sie murmelt was von »Blödes Arschloch«, und »so leicht bin ich nicht zu haben.«

»Die Prinzen sind schon ausgestorben, meine Liebe«, kann ich mir nicht verkneifen.

Außer einem, meinem. Hoffe ich wenigstens.

Auf dem Nachhauseweg kehren wir bei Carlo ein.

»Ich glaube, die Femme Fatale macht mir keinen Spaß mehr«, sage ich. »Ich sehne mich nach Beständigkeit. Seit meiner Kindheit war jeden Tag alles anders. Ich möchte gern weiterhin Bücher verkaufen und einen Mann an meiner Seite haben, der sich einigermaßen normal und friedlich verhält.«

»Na dann, Prost!« Mona erhebt das Glas.

Kaum ausgesprochen, kommen mir Zweifel. Möchte ich das wirklich?

Als ich in meinem Bett liege, schnürt mir die schwüle Hitze die Kehle zu.

Der Teppich hat sich in bizarre Wellen gelegt und die gummierte Unterfütterung ist zerfallen. Wenn ich darauf trete, verpuffen die Kunststoffkrümel.

Doch die Hundstage sind endgültig vorbei. Im milden Licht glitzern die Spinnenfäden.

Max kommt aus dem Süden zurück. Braun gebrannt, sein Haar sonnengebleicht, strahlt er, dass es mich blendet. »War genial, Mama. Jede Nacht Disco und am Tag nur im Wasser. Und du? – Egal, sag mir's später, ich treff ein paar Jungs, die ich dort kennen gelernt hab.« Weg ist er.

Verbissen krabble ich mit der Schere über den Teppich und zerschneide ihn in handliche Stücke, die in den Müllsack passen. Als ich es geschafft habe, bildet sich an meinem Daumen eine Wasserblase.

Kräftige Arme packen mich von hinten. Ich fühle mich wie ein Dienstmädchen.

»Begrapsch mich nicht so!«

Paul zuckt zusammen. »Pardon, Madame!«

»Mein Rücken schmerzt, die Knie sind blau geschunden, und eine Wasserblase habe ich auch. Das ist nicht sehr romantisch, weißt du!«

Paul versteht es nicht, er ist tief gekränkt, ich sehe es ihm an.

»Was kann ich dafür, dass du federnden Schrittes relaxed aus der Weinhandlung kommst oder von deinen Reisen in die Weinländer? Schau, wie der Boden aussieht, ich könnte kotzen!« Ich atme durch, jetzt ist mir leichter.

»Habe ich die Fenster offen gelassen oder du? Du bist nach mir aus der Wohnung gegangen! Aber okay, ich fasse dich nicht mehr an!« Er verschwindet in die Küche.

Ich sauge die letzten Krümel vom Boden, dann von meiner Kleidung. Die Haut juckt vom Kunststoffstaub.

Unser erster Krach. War es Tinkerbell oder Wendy, die Dampf abgelassen hat?

Morgen Abend steigt das Iggy Pop Konzert. Wie viel ist passiert, seit ich von Paul zu Weihnachten die Karten geschenkt bekam. Vielleicht zeigt er mir dort wieder ein anderes Gesicht.

Unter der Dusche bereue ich meine Reaktion. Bereits vor ein paar Tagen hat Paul sich angeboten, den Teppich zu entsorgen. Und warum soll er mich nicht begrapschen? Er ist mein Mann, oder? Wendy hat gute Seiten. Sie ist liebevoll und friedlich, fördert Nähe und Akzeptanz. In Kombination mit Tinkerbells Stolz und der Achtsamkeit, sich nicht über den Tisch ziehen zu lassen, käme die Idealfrau heraus. Ideal für einen Mann wie Paul, der aus seinem früheren Leben die Qualitäten des Abenteurers Peter Pan hat herüber retten können und damit nie langweilig werden würde. Verantwortungsbewusstsein ohne Kleinbürgertum.

Ich spüre, dass ich Wendys und Tinkerbells beste Eigenschaften niemals in mir werde vereinen können. Dafür bin ich eben auf geniale Weise unvollkommen und das mit eingeseiftem Haar. Plötzlich steht Paul hinter mir. Dafür, dass ich ihn nicht wieder hinauswerfe, schrubbt er mir den Rücken.

»Der Dielenboden ist wunderschön. Ich werde ihn eigenhändig abschleifen und lackieren«, flüstert er in mein Ohr voll Schaum.

Die Käufer für Bücher von den Autoren Achternbusch bis Crichton muss ich auf übermorgen vertrösten. Ich komme vor Muskelkater kaum die Leiter hoch. Bis zum »Cz« wie Czapek reicht mein ausgestreckter Arm gerade noch.

Mona hat ihren freien Tag und ich kann mich so lange mit meinen Lieblingskunden unterhalten, wie ich will. Ich liebe es, Bücher zu verkaufen, die ich selbst gerne gelesen habe. Diese Gespräche sind die Lichtblicke im Alltag.

Ab und zu allerdings kommen verstörte Kinder herein, die ihr Schulbuch im Park verloren haben oder aus Versehen das Pausenbrot hineingemantscht, es kommt auch vor, dass es vom Gegner zerrissen wurde. Mit trübem Blick schieben sie mir den Titel auf einem Notizzettel zu. Mitten im Schuljahr habe ich keine Chance. Wenn ich, ihre zigste Anlaufstelle, »nein, leider« sage, brechen sie manchmal heulend zusammen.

Gemächlich verbringe ich den Vormittag, rücke die Bücher mal dahin, mal dorthin. Ich schmökere in den Neuerscheinungen, koche Kaffee, rauche eine Zigarette und warte auf Kunden.

Eine elegant gekleidete Frau tritt ein.

Trotz meiner neu erlernten vollkommenen Unvollkommenheit, fühle ich mich augenblicklich unzulänglich und unbedeutend. Sie stellt sich schweigend vor mir hin. Vermutlich erwartet sie, dass ich einen Knicks mache oder mich verbeuge.

»Sie wünschen«, sage ich.

»Ein lustiges Buch zum Verschenken.« Schrill und banal.

Die Stimme kommt mir bekannt vor. Während ich vorgebe, nachzudenken, mustere ich die Lady aus den Augenwinkeln. Sie ist jünger als ich und hübscher, das steht fest, aber ihr fehlt die Ausstrahlung. Gehässig wie ich bin, tippe ich auf Botox, das killt jede Mimik.

»An was dachten Sie genau?«, erkundige ich mich. »Eher Witze, komische Gedichte oder soll es etwas in Prosa sein?«

Sie legt los: »Ist eigentlich egal. Ein Mitbringsel eben, wissen Sie. Kann ruhig was kosten.«

»Hm«, sage ich. »Wie wär's mit: Paul, da ist ein Stummer dran? Ein echter Partyrenner, sag ich Ihnen.«

Ich warte.

»Ach nein, das klingt so bummelwitzig. Doch eher etwas Gehobenes.«

Ich mache einen letzten Test: »Ich könnte Ihnen was wirklich Komisches mit Stil empfehlen. Bis Morgen kann ich es besorgen.«

Wir haben es im Lager.

»Ja?«

»Gewiss. Auf welchen Namen?«

»Inge Reingruber.«

»Sie können es morgen Vormittag abholen, Frau Reingruber.«

Ich kann es nicht fassen, schiebe das Buch ins Abholfach und hefte den Namen an. Dann trinke ich noch eine Tasse Kaffee. Vier Stunden bis Geschäftsschluss, reichlich Zeit zum Grübeln. Ich halte Gigi und Inge im Gegensatz zu mir für weniger intelligent. Hübsch und knackig ja, aber dumm. Bin ich der Fehlgriff, der sich mit der Zeit herausstellen wird? Oder hat mich Paul auserkoren, weil ich auch dieser Kategorie Frauen angehöre? Vor Schreck beginnt mein Hals zu jucken. Bin ich auch schrill, kindlich und banal? Ich kratze mich.

Das Telefon reißt mich fürs Erste heraus.

»Monas Bücherregal. Guten Tag.«

»Er ist da.«

Es ist Julia.

»Ist er schon bei dir?«

»Nein, aber er hat angerufen. Hilf mir, Marie!«

»Lass ihn unter keinen Umständen herein. Er soll sich an mich wenden. Ich werde schon mit ihm fertig.«

»Ja, okay.« Julia legt auf.

Um achtzehn Uhr beeile ich mich nach Hause zu kommen. Es juckt mich am ganzen Körper.

Das Nonplusultraereignis

Paul untersucht meinen Ausschlag. »Du hast eine Stauballergie.«

»Es ist der Stress«, antworte ich.

»Wegen Iggy Pop?«

Soll ich ihm erzählen, dass ich seine Ex gesehen habe? Gesehen ist nicht der richtige Ausdruck, wenn ich ehrlich bin. Gequält eher. Und wiederbestellt. Nein, das mache ich bestimmt nicht.

»Chris ist zurück. Julia hat versprochen, ihn nicht einzulassen. Darum sehe ich aus wie ein Warzenschwein«, sage ich.

»Dann gehen wir nicht zum Konzert.«

»Bist du verrückt? Ich muss mich eben vermummen.«

»Ach, Marie, das sieht doch keiner. Und mir macht es nichts aus.«

Nun juckt es noch mehr, denn in Wahrheit kratzt Chris mich nicht, mit dem werde ich fertig. Diese Tussi ist es und meine Eifersucht.

»Du Lieber, könntest du die Pusteln mit der Histamincreme einschmieren?«

»Da sind keine Pusteln.«

»Mach es!«

Das Jucken lässt langsam nach. Ich kleide mich für das Popkonzert der Saison. Auf zur letzten Punk-Ikone, zu *Lust of Life* in *nude and rude*. Ich bin gespannt, ob Iggy immer noch sein Shirt zerreißt. Ob er mit dem nackten Oberkörper noch protzen kann? Bei einem Konzert vor vielen Jahren entblößte er sich ganz.

Nach Flower-Power fuhr ich total auf Punk ab. Zwei Gründe waren damals ausschlaggebend. Ich ertrug diese waschlappenweichen Antihelden nicht. Sex mit diesen Typen war blümchenhaft, am liebsten diskutierten sie darüber. Dabei hieß es doch Make-love-not-war. Vollgedröhnt trugen sie ein dümmliches Lächeln im Gesicht, ich hätte schreien können.

Überbordend vor Fantasien vom Weltfrieden, taten sie rein gar nichts dafür. Wie Taugenichtse lebten sie in den Tag hinein, schnupperten an Räucherstäbchen und tanzten sich zu *In A Gadda Da Vida in Trance*, statt die Welt zu verbessern. Sie waren pappig wie Marshmallows.

Der andere Grund war, dass ich unbedingt ein wildes Tattoo wollte. Da minderjährig, benötigte ich die Einwilligung meiner Eltern. Damals gab es ein einziges Studio in der Stadt.

»Du willst waaaas?«, kreischte meine Mutter. Papa zog die Augenbrauen hoch.

Ich sah auch ohne schon beeindruckend aus in den Netzstrümpfen mit zusätzlichen Löchern. Meine DocMartens hatten ein ganzes Monatsgehalt geschluckt, der schwarze Minirock spannte am Hintern. »Piss off« stand auf meinem Shirt.

»Ich will ein schwarzes Herz, aus dem rotes Blut tropft.«

»Warum?«, fragte Papa.

»Weil es Mode ist«, sagte meine Mutter, die inzwischen ihre Toleranz wieder gefunden hatte. Ich bekam die Unterschrift.

Der Tattoo-Shop war derart schmuddelig, dass es sogar mir auffiel. Der Mann, der gerade einem Kunden in die Brust stach, war selbst über und über tätowiert, er blickte auf, als ich hereinkam. Zahnlos grinste er mich an und kratzte mit schwarz geränderten Nägeln seinen wabbeligen Bauch.

»Willst du deine Pussy tätowieren lassen?«

»Nö, ich suche nur jemanden, der ist aber nicht hier. Tschüss«, sagte ich.

Sex Pistols, Clash und Iggy Pop. Punkrock ist der wahre Rock'n'roll. Als Punk kiffte man selten. Man soff. Bier. Man war hart wie Stahl. Es gab keine Romantik, man saß nicht im Park unter dem Sternenhimmel und flüsterte von der Liebe. Man lungerte in kalten, nach Rauch und Bier stinkenden, verdreckten Kellern herum und brüllte Attacken gegen das Establishment ins Mikrofon. Dazu wurde in die Elektrogitarren gehauen wie die Hölle.

»I got no feelings, a no feelings for anybody else« war die Devise, ausgerufen von den Sex Pistols. Wir hielten uns strikt daran. Jeder, der Lust hatte, ging mit jedem, der wollte, ins Bett. Wir zogen in unseren schwarzen Klamotten durch Wien und hassten alles, was normal war.

Mit der Zeit verkrümelte sich einer nach dem anderen. Ständig böse zu sein war zu anstrengend, schließlich wollten wir auch nur lieben und geliebt werden.

Ein paar konnten aber nicht mehr zurück. Einige von ihnen sind gestorben, zwei sehe ich ab und zu an der U-Bahn Station um ein paar Euro betteln.

Die Mehrzahl der Konzertbesucher steckt in Pseudopunk-Outfits vom Catwalk, das hat rein gar nichts mit der ursprünglichen Idee zu tun. Ich bin froh, dass ich eine simple Lederhose trage, dazu den schwarzen Pulli. Ich hake mich bei Paul unter. Das Zelt ist überfüllt, rundherum sind Buden aufgebaut. Wir drängeln uns durch und ergattern zwei Becher Bier. Hinter uns balgen sich ein paar Jungs.

Die Bühne ist noch unbeleuchtet, ein paar Roadies turnen herum, legen letzte Hand an. Ich habe Bedenken, ob ich den Lärmpegel verkraften werde, die Boxen sind riesengroß. Mit den Jahren bin ich empfindlicher geworden, obwohl das Gehör ja angeblich schwächer wird.

Iggy lässt auf sich warten, er ist seit einer halben Stunde überfällig. Wir stehen mitten im Getümmel, ringsum rempelnde, schreiende Menschen. Wahrscheinlich sind sie taub. Blind sowieso, denn sonst würden sie nicht in uns hineinlatschen. Jemand rammt mir den Ellenbogen in die Rippen. Ich schreie vor Schmerz.

Paul schnappt sich den glatzköpfigen Jungen und redet auf ihn ein, der zeigt den Mittelfinger und mein Liebster packt ihn an der Kehle.

Ich erschrecke, weil es wegen mir passiert.

Und schon schlägt der Gewürgte die Faust auf Pauls Auge. Zwei Schritte, und ich bin dort, kralle meine Hand in den Schritt des Schlägers und mache eine eiserne Faust. Die habe ich zu Punkzeiten gelernt.

»Verpiss dich, Mistkerl«, brülle ich ihm ins Ohr, bevor ich loslasse.

Er verdrückt sich tatsächlich.

Paul hält sich den Kopf.

»Mein Liebling, was hat dir das Monster getan?«

»Nicht so schlimm, das Auge tränt ein bisschen«, sagt er.

Was trieb ihn nur dazu, ihn, den Meditationsmeister, jemandem an die Gurgel zu gehen? Ich frage ihn.

»Schließt das eine das andere aus? Früher waren keine Skins bei Punkkonzerten, das sage ich dir, aber ich bin ziemlich erschrocken über dein Gebaren«, sagt er.

»Warum«, frage ich pikiert.

»So gossenmäßig.«

Als ob das eine das andere ausschlösse! Auch Damen wissen sich zu wehren!

»Ach? Und den Mittelfinger zeigen ist nobel?«

Darauf gibt er keine Antwort, denn die Scheinwerfer gehen an, die Bühne erstrahlt. Iggy Pop läuft mit erhobenen Armen hinaus, schnappt sich das Mikro und beginnt zu singen: *Brick by Brick*. Er klingt wie eh und je. Nach der Pause spricht er ein paar deutsche Worte – er lebte eine gewisse Zeit in Berlin mit David Bowie.

»Servus Wien!«

Zu *China Girl* reißt er sich das Shirt vom Leib und präsentiert eine welke Brust und einen runzligen Waschbrettbauch.

Paul sieht wieder mit beiden Augen, er drückt mich an sich.

»Den Song liebst du, hm?«

Der Gig ist schlicht und unverbrämt, Punk eben.

Die Scheinwerfer gehen aus. Iggy gibt keine Zugaben. Wir werden in der Menge dem Ausgang entgegen geschwemmt.

»Ich hab noch eine Überraschung für dich.« Paul

nimmt meine Hand und lächelt mystisch. Er führt mich um das Zelt herum zum Hinterausgang. Bodyguards versperren den Durchgang. Paul spricht mit ihnen und sie lassen uns passieren. Ich taumle hinter ihm her, ich kann es nicht glauben.

Und dann stehe ich Iggy Pop gegenüber. Er trägt einen Bademantel.

»Hi, how are you.« Er reicht mir die Hand, umarmt dann Paul.

»Nice to see you, it's been a long time.«

Ich lächle wie ferngesteuert.

Die Punk-Ikone zieht sich an. Währenddessen plaudert er mit Paul über Indien.

Indien?

Umringt von den Bodyguards verlassen wir das Zelt und steigen in ein Mercedes Coupé. Der Luxusschlitten gleitet durch die Stadt vors Hotel Imperial, der ehrwürdigsten und teuersten Herberge Wiens. Wir speisen im Separee Châteaubriand, immer noch unwirklich für mich. Hier und da richtet der Ex-Oberpunk ein höfliches Wort an mich, ich brilliere mit meinem Schulenglisch. Vorwiegend unterhalten sich die beiden über Meditation. Nach dem Essen finden die typischen Abschiedsrituale statt. Ich bekomme einen Kuss auf die Wange.

»Gestatten Sie, ein alter Mann braucht seinen Schönheitsschlaf.« Iggy zieht sich auf sein Zimmer zurück. Morgen wird er in München auftreten.

»Woher bitte kennst du ihn?«, frage ich Paul, als wir wieder alleine sind.

»Aus Indien, mein Engel. Ich erzähle dir morgen davon.«

Er hat eine W-Frage beantwortet.

Der Joghurt hat Kultur

In Wien geht es stürmisch zu im Herbst. An den Straßenecken pfeift einem der Wind um die Ohren. Es ist ungemütlich, beinahe schon kalt. Doch bei trübem Wetter ist Lektüre angesagt und wir haben viel zu tun. Viel lieber würde ich jetzt mit einem Liebesroman im Sessel sitzen.

Mona hat Brötchen zum Kaffee besorgt. Nanu?

»Guten Morgen«, sage ich kleinlaut.

»Greif zu, Marie!«

Jetzt werde ich nervös. »Was gibt es denn zu feiern?«

»Stell dir vor, die Zentralbibliothek hat uns zum Novitätenlieferanten ernannt!«, strahlt sie.

Mir wird schwummerig. Das bedeutet eine Menge zusätzliche Arbeit für mich. Ich proste Mona zu.

Dann beginnen wir mit dem Putzen. Es ist unglaublich, wie Bücher den Staub anziehen. Während wir in den Regalen umherwedeln, erzähle ich Mona, wie schön das Leben mit Paul ist. Plötzlich schleudert sie ihren Wedel auf den Boden und verschwindet in die Küche. Ich laufe ihr nach. Das Gesicht in den Händen, schluchzt sie hemmungslos. Ich lege den Arm um sie.

»Monalein, was ist denn? Habe ich was Falsches gesagt?«

»Ach«, sie weint und weint, »was für ein Glück du doch hast! Und was ist mit mir?«

Im Moment kann ich ihr nur tröstend über den Kopf streichen. Ich werde ihr einen Kerl verschaffen. Nicht in Ledermontur, versprochen.

»Eine kluge und hübsche Frau mit dem Herz einer Tigerin wird doch wohl einen netten Mann finden?«, sage ich.

Nun lächelt sie wieder.

Inge Reingruber holt ihre Bestellung ab. Heute bin ich vorbereitet, sie bringt mich nicht aus der Ruhe. Gerne würde ich ihr sagen, dass ich mit Paul zusammen bin, aber ich beherrsche mich. Er soll meinetwegen keinen Ärger bekommen.

»So was Dummes!« Ein schiefes Lächeln kann ich mir nicht verkneifen, »Wir hatten das Buch doch auf Lager.«

Inge zieht die gestochen scharfen Augenbrauen hoch. »Können Sie nicht besser aufpassen? So was nennt sich Fachkraft!«

So, jetzt reicht's. »Er hatte schon recht, Sie zu verlassen!«

Ich bemerke, wie sie unter ihrer Make-up-Schicht erbleicht. Dann kaut Frau Gut ihren pinkfarbenen Lippenstift von der Oberlippe. Dabei hypnotisiert sie mich wie eine Kobra. »Was sagen Sie da?«

»Lernen Sie sich zu benehmen, werden Sie erwachsen«, antworte ich gelassen, innerlich bete ich, dass sie meinen Satz vorher nicht kapiert hat. Zumindest hoffe ich, es waren außer Paul noch andere Männer im Spiel.

Mona flattert mit den Händen herum, dann versucht sie mich zur Seite zu schieben, doch ich mache mich schwer wie ein Buchregal.

Inge schickt sich an zu gehen. »Das wird Konsequenzen haben!«, zischt sie mir zu.

Mona öffnet den Mund, aber ehe sie etwas sagen kann, antworte ich. »Dumme Gans nennt mich keiner ungestraft.« Ohne sie eines weiteren Blicks zu würdigen, schreite ich davon. Die Ladentür kracht ins Schloss.

»Bist du übergeschnappt?«

»Ich lasse mir keine Frechheiten mehr bieten und nein, bei mir ist der Kunde nur König, wenn er sich auch so benimmt. Kaffee?«

»Aber«, stammelt Mona, »das hat sie doch überhaupt nicht gesagt zu dir?«

»Gedacht hat sie es, das reicht!«

Nach Ladenschluss nehme ich Mona mit zu Paul.

Der Weinstern ist voller Kunden. In den Regalen bis zur Decke liegt Wein aus der ganzen Welt. Ein Schreibpult von anno dazumal dient Paul als Tresen.

An seiner Stelle hätte ich eine Sonnenbrille aufgesetzt.

»Damit jeder nach der Brille fragt? Das erspare ich mir lieber.«

Das veilchenblaue Auge ist umrahmt von den dunklen Locken, er sieht richtig verwegen aus. Ich bin sehr verliebt, will ihn umarmen und fege dabei mit dem Ellenbogen die Kostgläser vom Pult.

»Marie«, seufzt er.

Während ich die Kehrschaufel hole, gedenke ich meiner schrillen Vorgängerinnen. Ob ich vielleicht doch …?

Paul nimmt mir die Schaufel aus der Hand und Mona schüttelt den Kopf. Was war das für ein Blick, den sie Paul eben zugeworfen hat? Überhaupt benimmt sie sich plötzlich so anders. Ob ihr das bewusst ist? Bisher sind wir uns nämlich noch nie ins Gehege gekommen, dafür waren unsere Geschmäcker zu verschieden.

»Was guckst du so grimmig?«, fragt sie mich.

»Es gefällt mir nicht, wie du meinen Mann ansiehst«, flüstere ich.

»Wie sehe ich ihn denn an?«, antwortet sie laut und deutlich.

Ich möchte im Boden versinken.

Paul steht am Pult, er hat es bestimmt gehört. Seine Kunden sind zum Glück mit Kosten beschäftigt: riechen, nippen, gurgeln und beißen.

Ich trete Mona auf den Fuß.

»Au! Warum steigst du mir auf die Zehen? Was ist denn?«

Sie ist eine dumme Gans.

Paul zerkugelt sich bereits. »Wie die kleinen Mädchen!«

Alle lachen. Genau das wollte ich erreichen. Bravo! Ich tue mir entsetzlich leid, doch ich lache mit, was bleibt mir anderes übrig. Und dann platziere ich auch noch den dümmsten Witz, der mir einfällt: »Was ist der Unterschied zwischen einem Joghurt und einem Mann? Der Joghurt hat Kultur.«

Nun lacht keiner mehr.

Vielleicht ist mein Gesichtsausdruck schuld daran.

»Sperrstunde«, ruft Paul.

Ich kann ihm nicht in die Augen sehen.

Wir gehen ins Café gegenüber und sprechen über das Wetter. Mona hängt an seinen Lippen, während er über Hochs und Tiefs und deren Auswirkung auf den menschlichen Körper referiert.

Ich gähne. Daraufhin unterbricht er seinen Vortrag.

»Müde, Marie?«

»Ja, mein Schatz, es war ein langer Tag.«

Endlich reißt sich Mona von seinem Anblick los.

»Ich muss dann auch …«, sagt sie.

Das glaube ich auch, du Schlampe!

»Dein Auftritt war echt kindisch«, sagt Paul, als sie weg ist.

Ah ja?

»So kindisch und schrill wie deine Tussen?«

Er rückt von mir ab.

»Nicht dieses Niveau, Marie.«

»Wie?«, schreie ich, »Bist du übergeschnappt?«

Ich wühle in meiner Tasche nach Geld. In meiner Wut halte ich sie nicht richtig fest und sie fällt auf den Boden. Lippenstift, Geld, meine Tampons, Mascara und alles andere liegt verteilt auf den Dielen. Ich rutsche vom Stuhl und sammle die Sachen zusammen.

»Weißt du was? Du kannst dich verpissen, wenn ich dir nicht mehr gut genug bin«, sage ich in meiner Verzweiflung.

Er läuft hinaus.

Verdammt! Ich haste zur Theke und werfe zwanzig Euro hin. »Stimmt so«, dann sause ich Paul nach. Beinahe wäre ich in ihn hineingerannt. Bin ich froh, dass er nicht über alle Berge ist.

»Merk dir eines, Marie.« Er blitzt mich aus seinen blauen Augen an. »Ich liebe dich.«

Ich wanke. Paul merkt es nicht.

»Wenn ich etwas mache, dann ganz. Willst du mich heiraten?«, sagt er.

»Nein«, antworte ich.

Sofort bereue ich es. Paul geht davon.

»Paul!«

Er läuft weiter, dreht sich nicht um.

Ich bleibe stehen, gehe dann nach Hause.

Ich muss ihm erklären, dass ich unter Schock stand. Das wird er bestimmt verstehen. Und dann werde ich »Ja« sagen, denn nichts auf der Welt will ich mehr.

Im Augenblick bleibt mir nichts anderes übrig, als das Telefon zu hypnotisieren. Bitte ruf an, Paul, bitte. Nach dem ersten Klingen hebe ich bebend ab. Dann fällt mir das Herz in die Hose. Chris!

»Jah, Sistah, ich bin's.«

Ich möchte nur noch heulen. »Worum geht es?«

»Deine Schwester will nicht talken mit mir.«

Missmutig sage ich: »Lass sie einfach in Ruhe!«

»Ja, wenn das so einfach wär, Sistah«, klagt er.

Höre ich da so etwas wie Bedauern und Einsicht heraus? Egal.

»Chris, das ist dein Problem. Such dir anderswo Hilfe. Und lass Julia in Ruh!«

Ich lege auf und versuche Paul zu erreichen. Nichts, ich bekomme nur den Anrufbeantworter. Mir wird schlecht. Schließlich spreche ich meine Nachricht aufs Band.

»Ich liebe dich auch und mein größter Wunsch ist es, deine Frau zu sein. Verzeih meine Reaktion, ich bitte dich.«

Jetzt bleibt mir nur noch zu hoffen, dazu lege ich mich ins Bett. Schon überfallen mich die Zweifel. Wie dumm bin ich eigentlich? Ich halte mich bald selbst nicht mehr aus! Ich weine mich in den Schlaf.

»Mein Baby«, sagt Papa. Er sitzt auf dem Bettrand und streicht mir das Haar aus der Stirn. »Ich wollte stets ein guter Vater und Ehemann sein. Ich habe versagt. Und nun versage ich wieder, sonst hättest du nicht nein gesagt.«

Ich quäle mich über die Schwelle vom Schlaf ins Wachsein zurück. Paul sitzt an meinem Bett, nicht Papa. Ich brauche ihn nicht mehr zu suchen. Er streichelt mein Haar.

»Die kleine Marie hat nein gesagt, sie wollte ihren Vater nicht verraten.«

»Ich weiß«, sagt Paul.

Das geht so nicht!

Versonnen rühre ich am Sonntagmorgen in meinem Frühstückskaffee. Paul schlummert noch. Kein Wunder nach dieser Nacht.

»Pass auf, Mama, ich wohn' jetzt eine Weile bei Papa.«

Ich zucke zusammen.

Max lehnt mit verschränkten Armen am Türrahmen. Das bedeutet Trotz. Dazu die steile Falte zwischen den Augen, die keinen Widerspruch duldet.

»Möchtest du Frühstück?«

»Mama!«

In meinem Kopf rast es. Was habe ich angerichtet? Gestern war doch alles noch in Ordnung.

»Was ist mit dir?«, frage ich behutsam.

»Falsche Frage.« Er schlurft zum Kühlschrank und gießt sich Milch ein.

»Was ist mit dir?«, sagt er. »Du rennst herum wie eine liebeskranke Kuh, entschuldige, aber es ist wahr.«

Ich zerbrösle meinen Frühstückskuchen.

Max setzt sich mir gegenüber.

»Ich habe hier keinen Platz mehr. So sieht es aus, Mama.« Er trinkt in einem Zug aus.

»Gib auf deinen Magen acht, die Milch ist kalt.«

»Ach, du sorgst dich um mich?«

Nun reicht es mir.

»Junger Mann, wie redest du mit mir?«

Er seufzt.

»Wenn du das nicht weißt? Dein Paul hasst mich.«

»Niemals!«

»Egal.« Er presst die Lippen aufeinander. Wenn er das tut, dann habe ich keine Chance mehr. Das war immer so.

»Für wie lange?«, frage ich mutlos.

»Keine Ahnung.«

»Okay, Max. Und ich werde das schon rausbekommen, was du mir offenbar nicht erzählen willst.«

»Wie du meinst«, sagt er. Nicht einmal einen Kuss gibt er mir zum Abschied.

»Was hast du mit Max gemacht?« Ich zwicke Paul in die Schulter.

Er grunzt verschlafen: «Hm?«

»Max fühlt sich unwohl wegen dir. Was ist passiert?«

Langsam öffnet Paul die Augen.

»Marie, was willst du? Was kann ich für seine pubertären Launen?«. Er richtet sich auf. »Er will wohl der einzige Mann im Haus bleiben.«

»Er lebt ja auch schon erheblich länger hier.« Ich

möchte ihn schütteln. »Jetzt zieht er aus. Was ist zwischen euch vorgefallen?«

Paul geht aufs Klo. Muss er sich erst überlegen, was er mir antworten soll?

Später, beim Kaffee sagt er: »Vor ein paar Tagen drohte er mir, ich solle dich ja nicht verletzen.«

Ach, wie ritterlich, mein Max!

»Weil du dich so leicht ausnützen lässt, meinte er. – Vielleicht habe ich zu heftig reagiert.« Er starrt aus dem Fenster.

»Wie *heftig*?«

Nach zwei Schluck Kaffee sagt er: »Ich bin ihm an den Kragen gegangen.«

Mein Pulsschlag erhöht sich.

»Wie meinst du das?« Ich brülle, »Wie kannst du es wagen, du brutaler Mistkerl!«

Ich knalle die Tür hinter mir zu und renne im Vorzimmer auf und ab. Unglaublich ist das. Als Paul mir mit blassem Gesicht den Weg versperrt, schubse ich ihn beiseite.

»Ich habe ihm doch kein Haar gekrümmt! Verdammt, Marie!«, schreit er. Nun ist die Luft raus, ich kauere mich auf den Boden und heule los. Paul stellt sich mit Sicherheitsabstand vor mich hin.

»Marie«, sagt er leise.

Muss ich wirklich eine Entscheidung treffen? Max hat Sorge, dass mir etwas zustoßen könnte. Das war früher schon so. Nur dachte ich, er hätte inzwischen

182

andere Sachen im Kopf. Und dann droht er Paul. Max liebt mich immer noch, auch wenn ich nicht mehr seine Sonne bin.

Vor ein paar Jahren, er war dreizehn, rief mich sein Klassenlehrer an. Er petzte, die lieben Kleinen hätten in der Pause ein Playboyheft durchgehechelt. Ich kaufte ihm eins und legte es auf sein Bett. Max ist knallrot geworden, aber das Gespräch danach war gut. Wir haben lange geredet. Über Sehnsüchte, Liebe und das ganze Zeug. Wenn ich denke … als er klein war, da wollte er mich heiraten.

Jetzt hat er den Typ gewechselt. Alle zwei Wochen verliert er sein Herz an ein anderes dünnes, elfenhaftes Geschöpf mit wild zerzaustem, braunem Haar, Siebenschläferaugen und Lispelstimme. Ich persönlich kann sie kaum auseinanderhalten. Er findet jede auf eine andere Art aufregend.

Er wird so rasch groß.

Ich möchte nicht plötzlich im luftleeren Raum stehen. Nur hilft mir das im Moment überhaupt nicht weiter!

»Marie«, fragt Paul sanft, »wie kann ich es wieder gut machen?«

Ich wische die Tränen weg.

»Du wirst dich entschuldigen, wenn er wieder kommt.«

Ich sehe es genau, Paul verdreht die Augen. Gut, dass das Telefon klingelt.

»Was macht die Liebe?« Es ist Julia, jetzt kichert sie auch noch.

Paul schleicht sich davon, dann höre ich das Wasser rauschen, er duscht also.

»Ziemliche Scheiße«, antworte ich.

»Was denn?« Ich höre, dass sie inhaliert, hoffentlich ist es nur eine Zigarette!

»Max provoziert Paul und nun ist er fort. Bei meinem Ex.«

»Marie, das glaub ich nicht. Nicht Max! Dieser respektvolle, liebe Junge.«

»Doch, doch.« Ich beiße mir auf die Zunge.

»Das hast du bestimmt missverstanden. Vielleicht hat Paul sich blöd aufgeführt und unser Mäxchen hat aus Notwehr gehandelt. Du solltest der Sache auf den Grund gehen.«

Super.

Dann sagt sie: »Lass dir nicht das Hirn aus lauter Liebessehnsucht vernebeln, bitte.«

»Das musst ausgerechnet du sagen«, keife ich sie an.

»Na dann nicht, du blöde Gans!«

Schön.

»Paul, gehen wir spazieren«, sage ich am Nachmittag, nachdem wir uns seit Stunden anschweigen und so tun, als würden wir in unseren Büchern lesen.

Wir waten durch knöcheltiefes Kastanienlaub die Prater-Hauptallee entlang. Ich mag das Knistern und Rascheln der trockenen Blätter. Paul scheint es einen Riesenspaß zu machen. Er springt in die großen Haufen hinein, als ob er wieder Kind wäre. Ich beginne mit einem unverfänglichen Thema: »Du wolltest mir doch erzählen, wie das mit dir und Indien war. Iggy Pop, du weißt schon.«

»Nach der Therapie bin ich nach Indien gefahren und lebte dort ein Jahr in einem Ashram. Iggy war auch dort abgestiegen, um sich in den Griff zu bekommen.«

Wir rascheln weiter, die Sonne senkt sich rotgolden.

»Und durch das Meditieren seid ihr Freunde geworden.«

»Brüder im Geist. Aber er ist stärker als ich.« Paul bleibt stehen und schaut in die Sonne. Ist sein Blick wehmütig?

In meinem Magen ballt sich etwas zusammen.

»Wie meinst du das?«

Er wischt sich eine Haarsträhne aus der Stirn und beißt die Zähne zusammen. Was ist los? Sein müdes Lächeln lässt alle Alarmglocken in mir schrillen.

»Alles okay, Marie.« Er geht weiter. Ich haste ihm nach.

»Was quält dich? Wenn ich nicht weiß, was los ist, kann ich dich nicht verstehen, Paul.«

»Die drei W's«, sagt er.

Mann! Ich kicke in einen Haufen Kastanienblätter, sie wirbeln auf. Anscheinend kann ich es nicht. Ich bin unbegabt für die Liebe. Tränen sickern durch meinen Wollhandschuh, den ich mir vors Gesicht halte, Paul stürmt voran. Ich erwische einen Zipfel seiner Jacke, halte mich daran fest. Nun muss er stehen bleiben. Sein Rücken ist ablehnend, ich lasse los. Langsam dreht er sich um zu mir. Ich weiche einen Schritt zurück.

»Paul?« Meine Stimme zittert.

»Dein Herz schüttet literweise Liebe aus.«

»Ich bin so geboren«, greine ich.

»Ob Max, deine Schwester mit ihren Kindern, dein toter Vater. Alle triefen von deiner Liebe, Marie.«

Meine Tränen sind nicht mehr zu stoppen.

»Ich bin schon ganz klebrig davon, Marie. Sie ist wie Honig.«

Das Leuchten des Laubes erlischt; eine Wolke hat sich vor die Sonne geschoben.

»Ich will dir nicht wehtun. Ich liebe dich, so gut ich es kann«, sagt er leise und »es ist besser, wenn ich heute in meiner Wohnung schlafe.«

Als er mich umarmen will, laufe ich weg. In der U-Bahn fließen die Tränen weiter, es ist mir egal.

Eine Waschmaschine muss her

Die stille Wohnung ist der reinste Hohn. Ich jamme-re die Wände an. Mir ist zum Sterben. Nun ist auch noch Julia sauer. Da hilft nur eines, ich rufe Mama an.

»Ich bin so traurig!«

Sie nennt mich meine kleine Große, das tröstet mich. Dann lädt sie mich in ihr Haus im Wald ein.

»Die Natur ist eine Waschmaschine für die Seele«, sagt sie, wie recht sie hat.

Schluchzend lege ich auf und rufe Mona an.

»Ich muss sofort zu meiner Mutter. Sie ist krank. – Und ich bin auch krank.«

»Aha. Aber du weißt schon, dass wir jetzt nach der Buchmesse viel Arbeit haben?«

»Ich muss zu ihr.« Ich warte.

Mona seufzt gottergeben. »Na schön.«

»Du bist ein Schatz«, heule ich.

»Himmel, was ist los mit dir?«

»Ich werde alt.«

Erst bei Mama merke ich, wie konfus ich gepackt habe. Es ist kalt im Waldviertel. Warum habe ich ein Seidenshirt und Sandalen dabei?

Ich borge mir Mamas Trainingsanzug. Während sie Yogitee kocht, der mich sofort an Paul erinnert, spreche ich von meiner Angst.

»Manches Herz strömt über vor Liebe, wie eine nie versiegende Quelle, Mariechen. Andere wiederum haben nur ein bestimmtes Kontingent zur Verfügung.«

Ich verbrenne mir an dem heißen Tee die Zunge und werde nun richtig wütend. Meine zartgliedrige Mama setzt sich neben mich auf die umfunktionierte Bauerntruhe. Die Kissen in den erdigen Schattierungen haben mir schon immer Geborgenheit geschenkt. Oft wurde alles gut, nur weil ich hier liegen konnte. Aber nun weiß ich, dass es gar nicht gut werden kann, wenn Paul mit seiner Liebe so sparsam umgeht.

»Wir lernen das früh im Leben oder nie.« Mamas Augen streicheln mich.

Wir sehen uns viel zu selten. Im letzten Jahr ist sie kleiner und leiser geworden, ihr Haar silbergrau.

So um die sechzehn herum hasste ich sie. Mama war plötzlich zu meiner Rivalin geworden. Jede einzelne Zelle zog sich zusammen, wenn ich sie, eingehüllt in eine Wolke von *Worth*, ein umwerfender, sauteurer Duft, durch den Flur schweben sah. Zum Ausgehen bereit. Ihr dunkelbraunes Haar locker aufgesteckt, strahlende Rehaugen im aus-

drucksvollen Gesicht, eine Taille, die mit zwei Händen zu umfassen war. Neben ihr kam ich mir wie
eine fade Made vor.

Erst nach der Geburt von Max konnte ich sie wieder vorbehaltlos lieben. Sie behütet mich immer
noch. Bei ihr kann ich klein sein.

Nach dem Tee telefoniere ich mit meinem Ex.

»Max hat es sich anders überlegt«, sagt er.

Das macht mich glücklich, sofort rufe ich ihn daheim an.

»Mein Liebling!«

»Dort war es öd«, sagt er düster, »wo bist du?«

»Bei Oma, für ein paar Tage. Du weißt ja, wo das
Haushaltsgeld liegt, bediene dich. Sollte Paul sich
melden, sag ihm bloß nicht, wo ich bin. Du weißt es
nicht und basta.«

Ich sehe geradezu, wie er den Blick gen Himmel
richtet. Er hasst Lügen.

»Tu's für mich«, bettle ich.

»Am besten, ich geh' nicht ans Telefon.«

»Danke, mein Retter.«

»Was ist überhaupt los?«

Wenn ich das nur wüsste! Es ist ein Gefühl, das
mich verrückt, wütend, hilflos macht.

»Ich muss noch eine Weile in Mamas Waschmaschine weichen, mehr verrate ich nicht«, sage ich.

Er wird sich seinen Teil denken.

In dem Waldhaus schlafe ich wie immer prächtig.

Als ich durch den Herbstwald latsche, gerate ich wieder ins Grübeln. Die letzten Monate waren doch nicht klebrig? Aber mein Kind geht mir über alles, auch wenn ich noch so verknallt bin.

»Ist doch logisch«, rufe ich den Fichten zu.

Sie wiegen sich im Wind und knarren. Ich setze mich auf einen Granitgiganten. Dann weine ich, weil ich es einfach nicht besser weiß. Ein Regentropfen fällt auf meine Nase, ich laufe los. Es schüttet. Der Großbauer vom Dorf fährt in seinem Opel Senator an mir vorbei, winkt und spritzt mir die Hosen voll. Ich renne auf unser Haus zu. Ja, meine Hosen sind voll und Wut ist auch da und weh tut das, so weh! Ich reiße die Haustür auf.

Der Duft vom Abendessen schlägt mir entgegen: Mama hat Semmelschmarren mit Apfelmus für mich gemacht! In der süßen, warmen Wolke verpufft meine Wut. Ich schlage mir den Bauch voll, bis ich mich nicht mehr bewegen kann. So verbraucht mein Körper alle Energie zum Verdauen, zum Denken ist keine übrig. Mama lächelt mich an.

»Im Dritten läuft ein guter Film«, sagt sie.

»Was?« Ich hieve mich aus dem Sessel, will die Teller abräumen.

»Lass das. Herzkönig.«

Ich lasse mich wieder fallen. Herzkönig. So, so. Der Hauptdarsteller hat zum Glück keine Ähnlichkeit mit Paul, ich entspanne mich. Der Film ist zum Heulen schön und für mich die Gelegenheit, damit weiterzumachen. Mama drückt meine Hand.

»Genau«, sagt sie.

Mittwochnachmittag ist der Waschgang zu Ende.

»Komm bald wieder.«

Ich will gar nicht weg, Mama.

Auf der Heimfahrt denke ich an unsere Gespräche. Sie macht sich schreckliche Sorgen um Julia, obwohl ich ihr nichts erzählt habe. Mütter fühlen das. Wenigstens weiß sie jetzt, dass Julia eine Therapiegruppe besucht.

»Sie sollte mit den Kindern bei mir sein.«

»Weg vom Schuss, ja.«

Ausgesummt

Die Wohnung ist leer, als ich gegen Abend heimkomme.

Max hat mir eine Nachricht an den Kühlschrank geklebt: *Bin bei Sandy. Für dich hat keiner angerufen. Tschüss, bis dann. Dein Sohn.*

Na ja, wenn er bei dieser Sandy ist, kann er das doch nicht wissen. Er hat sich dem Dilemma entzogen. Recht hat er!

Erst traue ich mich nicht, dem Anrufbeantworter ins Gesicht zu sehen. Als ich es dennoch tue, und nichts blinkt, sacke ich zusammen. Ich rufe Julia an.

»Wie geht es Max«, will sie wissen.

Und wie geht es mir?

Eiskalt pfeift der Wind durch die Straße, heute Nacht wird es wohl Frost geben. Warum trage ich ausgerechnet halterlose Strümpfe? Schlotternd erreiche ich Carlos Kneipe. Mir ist ja nicht zu helfen, nicht wahr? Diesmal werfe ich keine Küsse in die Runde. Was ist los mit mir, bin ich endlich erwachsen geworden?

»Hey«, sagt Carlo, »so allein?«

Er will mich aufheitern, aber in meiner Kehle sitzt

ein großer kalter Knödel, der drückt. Ich ziehe die Mundwinkel auseinander, vielleicht sieht es wie ein Lächeln aus, und setze mich auf den Barhocker an der Theke.

»Siehst blass aus, magst einen steifen Grog?«

Ich winke ab. Heißer Alkohol macht mir Sodbrennen und das brauche ich nicht auch noch.

»Melissentee, bitte.«

Carlo grölt los. Ich lasse ihn. Als er sich wieder gefangen hat und die Tränen aus den Augen wischt, sagt er verwundert: »Was bitte ist mit dir?«

»Wenn du nicht gleich aufhörst, mir Löcher in den Bauch zu fragen, geh ich!« Ich schaue ihn streng an. »Melissentee mit Honig!«

Endlich lässt er heißes Wasser in die Tasse zischen. Jemand tippt mir zwischen die Schultern, ich fahre herum.

Es ist Leo! Und wie er mich angrinst.

»Schau an, die Marie!«, sagt er genauso süffisant wie früher.

»Ach? Du lebst noch?« Ich überspiele meinen Schrecken. Damit hat er wohl nicht gerechnet, das schiefe Lächeln fällt in sich zusammen.

»Und sonst?« Ich kringle eine Haarsträhne um den Finger und gebe mich gelangweilt, schaue an ihm vorbei.

»Gibst du mir einen aus?«, sagt er.

»Carlo, gib ihm ein Bier.«

Leo ist nicht der Einzige, bei dem ich mich wundere, wieso ich einmal derart versessen auf ihn gewesen bin. Ob es ein Zeichen ist, dass er statt Paul mir heute begegnet?

»Prost«, sage ich gönnerhaft. Dann verbrenne ich mir die Zunge am Tee.

Leos Handgelenk ist bandagiert. Ich deute drauf.

»Wieder nicht geklappt?«

Er zuckt die Schultern. »Was geht es dich an?"

Ich wende ihm den Rücken zu.

»Machs gut, Marie und danke.« Er verzieht sich an einen Tisch.

Ich schlürfe noch etwas Tee, bestelle dann ein Glas Sekt. Nein, ich lass mich nicht aushungern von Paul. Schluss damit.

»Carlo, das Telefon bitte.«

Er stellt es vor mich hin. Mein Wählfinger zittert. Das Tuten klingt nicht danach, als ob er je abheben würde. Fein! Auf den Anrufbeantworter spreche ich nicht, hau dafür den Sekt in die Kehle und bezahle.

Die Wohnung ist immer noch leer, ich lege die DOORS auf und schmiege mich ins Sofa. Dann erklingt:

People are strange when you're a stranger.

Faces look ugly when you're alone …

Genau. Zeit, ins Bett zu gehen.

Deprimiert latsche ich am nächsten Morgen in den Buchladen. Mona, die Mistbiene, hat alle Pakete der letzten Tage für mich aufgehoben. Aus einem hat sie ein paar Bücher entnommen, sie aber nicht auf dem Lieferschein abgehakt. Außerdem liegen sie ohne Preisschild in der Auslage. Das versteht sich wohl von selbst. Ich klebe Etiketten auf die Buchrücken und hake die Titel ab. Sie mustert mich.

»Ich hatte solche Kreuzschmerzen, die paar Tage taten gut«, erkläre ich.

»Du Arme.« Warum lächelt sie dabei?

Zum Glück klingelt das Telefon, ich stürze mich drauf.

»Monas Bücherregal, Sie wünschen?«

»Ich dachte schon, du wärst ausgewandert!«

Und warum sprichst du nicht auf meinen Anrufbeantworter, du Idiot? Gleich werde ich ohnmächtig, aber ich reiße mich zusammen, denn ich will auf keinen Fall, dass Mona mir etwas anmerkt. Ich lache sie an, denke, hau doch endlich ab, geh einen Kaffee trinken!

»Einen Moment bitte, mein Herr«, sage ich und lege den Hörer daneben.

Zielstrebig bewege ich mich auf die Sachbuchabteilung zu, starre in das Fach Gentechnologie, das interessiert Mona überhaupt nicht.

Endlich verschwindet sie und ich hechte zurück zum Telefon.

»Paul! Und ich dachte, du wärst nach Neverland ausgewandert.«

»Wohin?«

»Wie geht es dir? Hast du dich von meinem Honig gut erholt?«

Pause.

»Ich war bei meiner Mutter.«

»Du könntest sie mir mal vorstellen, Marie.«

»Das weiß ich noch nicht, Paul. Sie ist auch so eine Honigschleuder wie ich.«

Mona kommt zurück.

»Ich muss jetzt arbeiten, Paul, ich melde mich.« Ich lege auf. Was habe ich mich doch verändert! Sogar das Summen ist mir vergangen. Ich vergleiche die Lieferung mit den Bestellungen.

Mona bringt mir einen Kaffee. »Stell dir vor, Marie, ich habe mich bei einer Singlebörse angemeldet.«

»Und, hast du Erfolg?«, antworte ich.

Sie kichert. »Männer gibt es da en masse. Falls es mit deinem Paul doch nichts wird«, sie trinkt einen Schluck, »kannst du ja auch mitkommen.«

»Danke nein.« Ich schmeiße den Stift hin und verziehe mich aufs Klo. Die letzte Stunde gehe ich Mona aus dem Weg, sortiere Novitäten ein, trage die Kartons ins Lager, Punkt sechs stehe ich an der Tür.

»Bis Morgen«, flöte ich.

Heute pfeife ich auf meine Figur und nehme mir unterwegs eine Pizza Peperoncino mit. Das Knoblauchöl duftet durch den Karton. Ich werde fernsehen, die Pizza aus der Schachtel mampfen und mit vollem Bauch ins Bett gehen.

Zu Hause angekommen, schleudere ich die Schuhe durch die Diele.

»Scheißmänner!«, schreie ich und dann pinkle ich bei offener Tür. Doch plötzlich versiegt mir vor Schreck der Strahl. Paul ist in der Wohnung.

»Weg«, kreische ich, als er vor mir steht, »das ist indiskret!«

Er bleibt.

»Wir schlafen miteinander, oder? Wo ist das Problem?«, sagt er. Meine Haut klebt an der Klobrille fest, ich verschränke die Arme.

»Warum bist du so sauer?«, fragt Paul mit gesenktem Blick.

Weil du hier bist. Weil ich nicht so passe, wie ich bin. Weil du mich nicht liebst, wenn ich einfach nur ich bin. Und weil du Max den Platz in meinem Herzen streitig machen willst. Weil ich ihn deinetwegen verraten habe. Aber das alles sage ich nicht.

»Geh bitte raus«, sage ich, »ich bin nicht Tinkerbell.«

Er tut es sogar.

Das Wohnzimmer riecht nach Knoblauch, die Pizzaschachtel ist fettdurchtränkt.

Paul sitzt auf dem Sofa, ich sehe auf ihn herab.

»Wieso Tinkerbell?«

»Das verstehst du nicht.« Ich seufze, weil ich mich gern zu ihm setzen möchte, getröstet werden will.

»Vielleicht brauchen wir etwas Abstand«, meint er. Ich sehe es ihm an, er ist genauso traurig wie ich.

»Ja, mein lieber Flieger-Rock'n'Roll-Paul Pan«, sage ich. Und ganz schnell setze ich hinzu, weil er schon aufsteht, »ich möchte so gern landen.«

Er küsst mich auf die Wange.

»Du bist ein wunderbarer Mensch, Marie.«

Das habe ich befürchtet. Ich begleite ihn zur Tür.

»Servus, Paul.«

So ein Theater!

Meine Tränen salzen die kalte Pizza. Ich mampfe sie vor dem Fernseher zu einer Show, in der Mädchen zu Models getrimmt werden. Die Tränen versiegen, als mir übel wird.

Ich schalte aus, lege mich hin und warte darauf, dass sich etwas tut. Wenigstens übergeben könnte ich mich. Stattdessen fange ich wieder an zu denken. Magen und Herz übertreffen sich gegenseitig beim Rumoren. Vielleicht sollte ich mich zuerst übergeben und später nachdenken?

Fakt ist: Paul braucht Abstand. Auf keinen Fall liebt er mich noch, vielleicht weiß er es nur noch nicht, aber es wird ihm bald einfallen, nämlich dann, wenn er den Abstand raus hat.

Nun zu mir. Will ich Paul haben, weil er schön und erotisch ist, weil ihn alle haben wollen? Und weil er mich zappeln lässt wie kein Zweiter?

Ich habe meinen Sohn an ihn verraten. Und Max hat die verräterischen Gedanken spüren können. Je mehr ich mich schäme, desto eher übergebe ich mich. Nun tatsächlich.

Dann falle ich ins Bett. Morgen denke ich weiter.

Nach dem Frühstückskaffee schmerzt mein Magen. Max und Paul sind unverdaulich, sie boxen mich.

»Marie, tu endlich etwas«, wollen sie mir damit sagen.

Na schön, ihr zwei, jetzt frage ich euch, warum muss denn immer ich was deichseln?

»Weil du willst, dass wir einander lieben, und dass es uns gut geht. Nur damit du keine Sorgen hast.«

Mein Magen kneift.

Stimmt.

Ich trinke aus und mache mich auf den Weg.

Heute ist Freitag, da bin ich allein im Laden. Ich ordne die Lieferungen in die Regale ein. Dabei sticht mir ein Ladenhüter ins Auge: »Ich schlag mit meiner Liebe alle tot!« Das Buch müsste schon vermodert sein. Dass es mir ausgerechnet jetzt in die Hände fällt, kann kein Zufall sein, sondern das gewisse Eine, das das andere nach sich gezogen hat. Ich nehme es mit. Den Rest vom Tag lese ich darin. Erfahre, wie sich Menschen fühlen, denen Liebe übergestülpt wird, die sie erdrückt, bis hin zum Amoklauf. Toll. Ich denke weiter, was ich gestern Abend angefangen habe, und komme zu dem Schluss, dass es keinen Sinn hat, von Paul etwas zu verlangen, was er nicht geben kann. Traurig schließe ich den Laden ab.

Max ist zurück von seiner Sandy. Er empfängt mich, ein Butterbrot kauend.

»Hallo, Mama! Alles klar bei dir?«

Aber ja, mein Engel.

»Und bei dir? War es schön mit Sandy?«

»Sie ist ziemlich besitzergreifend, das mag ich nicht.« Dann geht er in sein Zimmer, weil er lernen muss.

Ich mache es mir auf dem Sofa gemütlich. Mir reicht schon, wenn Max irgendwo in der Wohnung ist. Ich lege eine Platte von den Beatles auf und lese.

Nach einer Weile dreht sich ein Schlüssel im Schloss. Kann Paul nicht klingeln? Ich erstarre, statt mich zu freuen. Dann steht er vor mir.

»Hi«, sagt er, »darf ich mich setzen?«

Ich lege das Buch weg.

»Klar.« Was sonst soll ich sagen?

»Ich kann auf Dauer so nicht leben, Marie, es tut mir so leid.«

»Warum kommst du dann überhaupt?« Ich ärgere mich, weil meine Stimme greint. Ich bin doch erwachsen, und ich wusste es schon länger. Einer, der mit meinem Sohn nicht kann …

»Ich bin kein Feigling. Ich muss es dir doch sagen. Dir dabei in die Augen sehen.«

Nein, klar. Dafür bist du einer, der mein Herz mit einer Lanze aufspießt. Na ja, nicht wirklich, weil ich es ja schon wusste. Ich nehme meine Dramatik zurück.

Paul beißt auf seiner Oberlippe herum, ich schweige. Nächsten Monat wird es ein Jahr sein, dass wir unser erstes Date im Motorradklub der Outsider hatten.

»Ich fahre nach Indien, Marie.«

»Ich weiß.«

»Ich muss zu mir finden, das funktioniert am besten im Ashram.«

»Mit Iggy?«

»Nein.« Paul seufzt, gerade, dass er nicht die Augen zum Himmel richtet über meine Banalität. »Und danach werde ich etwas Neues anfangen. Weinhandel ist nichts für mich.«

Ich bin wohl auch nichts für dich. Nein, ich auch nicht.

»Tja, so ist das nun mal«, sage ich, »du kannst mir ja schreiben, wie es dir so geht.«

Er greift nach meiner Hand. Das wollte ich unter keinen Umständen, denn Paul tritt damit eine Lawine los, ich werfe mich an seine Brust und weine, verfluche mich dafür, Rotz und Speichel rinnen über sein schwarzes Seidenhemd, er drückt mich.

»Es tut mir so leid, Marie«, schluchzt er nun auch.

Ich stoße ihn von mir.

»Gib mir meine Wohnungsschlüssel! Pack deine Sachen ein, geh, verdammt, geh doch!«

Und er? Er wischt die Wangen trocken und geht ins Schlafzimmer! Ich höre ihn rumoren, dann kommt er mit seinem Trolley zurück, legt die Schlüssel auf den Tisch.

»Alles Glück der Welt für dich, Marie«, sagt er.

»Ach, scher dich zum Teufel!«

»Schade, dass es so enden muss.« Er dreht sich um und geht.

Am liebsten möchte ich ihm den Bleikristallaschenbecher ins Kreuz donnern. Als hätte ich schuld daran! Ich löse mich auf in Heulen.

Max stürmt herein. »Paul hat sich eben von mir verabschiedet, so … so endgültig. Was ist passiert, Mama?«

»Er hat mich verlassen, ich werde mir die Pulsadern aufschlitzen. Was für eine Demütigung!«, schreie ich entfesselt, in der Hoffnung, Paul kann es noch hören im Stiegenhaus.

»Mach keinen Blödsinn, ich hole ihn zurück!«, sagt Max. Er rennt los, ich höre die Eingangstür zufallen. Langsam klingt der Ausbruch ab. Eigentlich bin ich erleichtert, stelle ich verwundert fest. Es ist, als würde eine große Last abfallen. Die Schwere, die Schuldgefühle, dass ich mich noch so anstrengen konnte, und doch war immer etwas falsch an mir für Paul. Ich atme tief durch, wasche mein verklebtes Gesicht. Max wird Paul sicher nicht zurückholen, Indien ist stärker, darauf wette ich.

Mein Max

Hat Max Paul gestellt? Prügeln sie sich? Meine Schuldgefühle wachsen von Minute zu Minute. Ich renne wie ein Tier im Käfig durch die Zimmer, rufe Julia an und erzähle ihr ohne Schonung meiner Person, was los war.

»Du hast Max manipuliert, Marie! Ich bin entsetzt!«

»Wieso, weil ich meinen Gefühlen freien Lauf gelassen habe?«

»Nein, nicht deinen Gefühlen, deinem Ego, du Kuh! Rücksichtslos ist das, abnormal, das eigene Kind vorzuführen«, schnaubt sie.

Ich werde klein und grau. Sie hat ja recht, das war Burgtheater. Denn in Wahrheit, ganz innen drin, bin ich befreit! Kann mein Leben wieder führen, wie ich will, ganz ohne Belehrungen und Meditationen, gespickt mit Ameisen.

»Was soll ich nur tun?«

»Wie soll ich das wissen, Marie? Du bist doch die Ältere, oder?«

Eine Stunde ist es her, dass Max fort ist, ich bibbere wirklich. Weil ich spüre, da stimmt was nicht, nein, da stimmt etwas ganz und gar nicht!

Dann rufe ich Paul an, er hebt ab.

»Hast du Max gesehen?«

»Ja, als ich mich verabschiedete. Was ist?«

»Ich glaube, er wollte dich zurückholen, weil ich so traurig war.«

»Das hätte nichts gebracht, Marie. Wahrscheinlich hat er es sich anders überlegt.«

Ich verabschiede mich ein letztes Mal und zittere weiter.

Offenbar bin ich am Sofa eingenickt, denn es ist Tag, als ich durchs Telefongeklingel geweckt werde.

Sofort fällt mir Max ein.

»Max?!«

„Allgemeines Krankenhaus, Neurologie. Bleiben Sie ganz ruhig. Ihr Sohn hatte einen Unfall und kam erst jetzt wieder zu Bewusstsein, um uns seine Daten geben zu können.«

Ich putze nicht einmal die Zähne.

Max liegt mit dick eingebundenem Kopf im Bett, die drei anderen sind nicht belegt.

»Er hat einen, zum Glück, geschlossenen Schädelbasisbruch. Ein Hirn-Schädel-Trauma ist keines vorhanden. Das Gehirn ist nicht zu Schaden gekommen. Der Fahrer, in dessen Auto Ihr Sohn mit dem Rad gekracht ist, hat sofort den Notarzt angerufen«, sagt der Arzt, der mich ins Zimmer begleitet hat.

»Ist er bewusstlos?«

„Nein, nur ruhig gestellt. Er war es bei der Einlieferung. Heute früh ist er aufgewacht. Er hat großes Glück gehabt.« Der Arzt sieht mich an, als wäre ich eine Rabenmutter. Himmel, ich bin es ja auch!

Mona versteht, dass ich nun nicht mehr von Max' Seite weiche.

Seine Hand ist kühl, meine klebrig, aber ich lasse nicht los. Ich flehe das Universum und alle Götter an, deren mein Gehirn sich entsinnen kann, dass Max wieder ganz gesund wird. So ein schöner, großer Junge ist er. Wenn ich daran denke, wie aufgeregt ich kurz vor der Entbindung war.

Er hat es mir nicht leicht gemacht. Bei der dreizehnten Presswehe war ich mir sicher, dass er nicht heraus wollte. Als ich ihn nach erbittertem Kampf in den Armen hielt, war ich vor Glück gedankenleer. Es ist nicht zu beschreiben. Dann das erste Bauchweh, der erste Zahn und das erste Mal, dass ich ihm den Hintern versohlt habe; es blieb dabei, denn ich werde sein verschrecktes Gesichtchen niemals vergessen. Ich saß neben einer anderen Mutter auf der Bank im Park. Max konnte noch nicht richtig laufen. Während des Plauderns drehte ich mich nach ihm um – sah ihn hinter seinem Ball herwatscheln, der den Hang zur Straßenbahnhaltestelle hinab rollte. Ich sprang auf, schrie seinen Namen, rannte, stolperte. Er hörte mich nicht. Im letzten Augenblick erwischte ich ihn und riss ihn am Arm vor der anfahrenden Bahn zurück. Der Ball wurde zerfetzt, Max heulte los. Da schlug ich auf die Windel ein.

Den ganzen Tag und den nächsten machte er keinen Mucks, er sah mich nicht einmal an.

Dann begann er damit, mitten in der Nacht in mein Bett zu steigen. Von diesem Tag an kam er jede Nacht. Er schleifte die Decke hinter sich her, trappelte leise in mein Zimmer und legte sich neben mich. Ich trug ihn zurück. Aber er gab nicht auf, bald fielen mir die Augen zu vor Müdigkeit und ich ließ es geschehen. Ein ganzes Jahr lang kroch er unter meinen Arm, schmiegte seinen kleinen, warmen Körper an mich. Eines Nachts blieb er weg. Ich vermisste ihn so.

Irgendwann am Nachmittag schlägt er die Augen auf.

»Mann, da fahren zweihundert Motorräder durch meinen Kopf«, sagt er und ich küsse ihn ab.

»Bleib ganz ruhig liegen, rühr dich ja nicht«, flüstere ich. Strenge Bettruhe, hat der Arzt gesagt, ich müsste dringend aufs Klo, wage mich aber nicht hinaus. Max ist bestimmt verwirrt, und wer weiß, ob er nicht doch aufsteht.

Ich drücke die Glocke. Nach wenigen Minuten ist die Schwester da. Strahlend, aufmunternd, laut.

»Na, junger Mann, das sieht ja schon gut aus!« Sie drängt mich ab, misst Fieber in seinem Ohr und pumpt den Blutdruckmesser auf. Ich nutze die Gelegenheit, renne aufs Klo und rufe Julia an.

»Ui, Max, das ist ein toller Verband«, beneidet Sven ihn, kaum hat er mit Julia und Anna das Zimmer betreten.

Julia wirft mir einen bösen Blick zu, dann umarmt sie vorsichtig ihren Neffen.

»Mein Held«, sagt sie.

Ja, prügelt nur herum auf mir, schon recht.

Anna schubst mich zur Seite, streichelt Max' Wange.

»Armes, armes Mäxchen«, flötet sie.

Max lächelt gequält.

Ich gehe hinaus und ziehe einen Cappuccino mit viel Zucker aus dem Automaten. Als der behandelnde Arzt vorbeieilt, packe ich ihn am weißen Ärmel.

»Wie lange muss mein Sohn in der Klinik bleiben?«

»Eine Woche auf jeden Fall.«

»Kann ich hier übernachten?«

Er macht große Augen. »Er ist doch kein Kind mehr!«

Ja, natürlich, ich habe es völlig vergessen! Ich sage aber nur: »Ich weiß.«

Er eilt weiter und ich trinke meinen Kaffee. Ich gäbe viel dafür, jetzt Paul neben mir zu haben, in seinen Armen zu liegen. Es ist die Gewohnheit. Ein knappes Jahr und schon gewöhnt man sich. Ich muss mich anstrengen, ihn nicht anzurufen, denke schnell daran, wie leicht es ihm fiel, mir den Abschied zu geben. Als ich auf dem Rückweg zum Zimmer an den Aufzügen vorbeikomme, öffnet sich einer und meine Mutter steigt aus.

»Mama!« Ich umarme sie.

»Julia hat mich angerufen, da bin ich.«

In einer Runde sitzen wir ums Bett. Wie wir doch zusammenhalten! Ich brauche Paul jetzt gar nicht mehr, was für eine Familie! Max verzieht das Gesicht, nachdem Julia irgendeinen blöden Witz erzählt hat.

»Leute, ich kann nicht lachen, das tut sauweh«, jammert er.

»Lachen bewegt viel mehr Gesichtsmuskeln als weinen, genau!« Sven blickt stolz seine Mama an, die aber nicht reagiert, sondern die Füße von Max massiert.

»Was du schon alles weißt, Sven«, bewundere ich ihn.

»Deswegen sollten wir viel mehr lachen, solange wir das noch können«, sagt meine Mutter.

Max schließt die Augen, Julias Massage entspannt ihn wohl.

»Ich gehe jetzt und nehme die Familie mit, bitte bleib schön liegen«, flüstere ich an seinem Ohr.

»Das ist gut«, sagt er dankbar.

Ich nehme sie alle mit zu mir nach Hause. Anna und Sven bekommen die Spielzeugkiste von Max, wir Frauen setzen uns in die Küche.

Beide sehen mich an. Warten.

»Was?«

»Marie«, sagt Mama. Wie sie all ihre Liebe in das kleine Wort legt!

Natürlich heule ich los. Erzähle, wie Paul Schluss gemacht hat. Ich schlage die Hände vors Gesicht, nuschle: »Max hätte tot sein können oder lebenslang beeinträchtigt.«

Wir sind ganz still. Nur das ausnahmsweise friedliche Plaudern der Kinder im Wohnzimmer ist zu hören. Und das Tropfen des Wasserhahns der Spüle.

»Wer ist trächtig?«, sagt Julia, ich könnte sie küssen dafür.

Nun lachen wir los, können uns nicht mehr beruhigen vor Erleichterung.

Endlich Sommer

Julia und ich liegen im Gras. Wir lassen uns die Sonne auf den Bauch scheinen, während Sven und Anna im See planschen. Meine Schwester hat den CD-Player mit und lässt ihre Lieblingsmusik laufen, Reggae natürlich, immer Reggae, was sonst. Bob Marley singt gerade samtrau: *No woman no cry …*

Lange Zeit dachte ich, es wäre ein Trostlied, in dem er singt, Frau, weine nicht. Falsch. Er singt, es gibt keine Frau auf der Welt, die nicht weint. Recht hat er.

»Wirfst du ab und zu einen Blick auf die beiden?«, frage ich, ohne die Augen zu öffnen.

»Sven ist neun, der passt schon auf. Außerdem schwimmen sie beide hervorragend«, antwortet Julia mit träger Stimme.

Der ganze Frühling war verregnet, aber jetzt, Ende Mai, rekeln wir uns endlich in der Sonne.

Ich rolle mich auf den Bauch.

Julia grunzt.

Langsam drifte ich in einen halb wachen Zustand, die Stimmen werden leiser, die Geräusche, das Plätschern entfernen sich, als würde ich Watte in die Ohren stopfen.

Kalt tropft es auf meinen sonnenheißen Rücken.

»Geh weg«, schreie ich und lache.

Anna kichert. »Ich hab Hunger!«

Ich halte Ausschau nach Max und seiner Brandneuen. Sie haben ihre Decke ans andere Ende der Wiese gerückt. Seit Paul fort ist, leben wir wieder normal zusammen.

»Ich kann dich doch nicht allein lassen, Mama«, brummelte er.

Ich kann nicht leugnen, dass ich ein bisschen Angst habe. Er ist siebzehn und es wird nicht mehr lange dauern, bis er wirklich seinen eigenen Weg geht.

Ich rufe: »Essen!«

Sie lösen ihre Umarmung und traben zu uns herüber. Das Picknick ist eröffnet, es lockt Ameisen an.

»Hau ab, du Blöde«, schimpft Sven. Er zerdrückt alles, was sich seinem Schinkenbrot nähert.

Max und Rita kauen stumm, ohne den Blick voneinander zu wenden. In meinem Herzen sticht es noch ein wenig.

Später klettern die Kleinen auf einem Baumstamm herum, spielen Cowboy und Indianer, während die Großen schwimmen.

»Was Paul wohl in dem Ashram treibt?«

»Willst du das wirklich wissen?«, fragt Julia.

Damals ist mein Herz in tausend Stücke zersprungen. Doch das Leben ist ein Superkleber, es hält mich zusammen. Zuerst versuchte ich den Roman über Paul zu schreiben. Es wollte wieder nicht gelingen. Dann eine Hommage an Papa, auch die ging in die Hose. Nun schreibe ich über mein Leben, über die schreckliche, wunderbare Familie, in die ich hineingeboren wurde. Das tut mir gut.

Und ganz langsam entdecke ich die Freude an den kleinen Dingen wieder, wie das Abschleifen und Lackieren des Wohnzimmerbodens. Nun ist er dottergelb. Wahnsinn!

»Du hast recht.« Ich schmiere mir Sonnencreme auf den Bauch.

Die ganze Woche hat sich dahingezogen, keiner scheint Bücher zu brauchen bei dem herrlichen Wetter. Nun ist Freitag. Es sind noch fünfzehn Minuten bis Ladenschluss, versonnen blättere ich in einem Bildband mit Fotos von der Arktis, lechze nach einem riesigen Pistazieneisbecher, als Julia mit den Kindern hereinsaust.

»Kannst du bitte die Kids heut übernehmen? Ich hole sie morgen früh bei dir ab«, sagt sie, aufgelöst vor Glück.

Ohne meine Antwort abzuwarten, drückt sie mir zwei klebrige Hände in meine und haut ab. Während ich der männlichen Hälfte der Welt abgeschworen habe, lässt Julia sich eindeutig auf einen Kerl ein.

Mona verzieht den Mund. »Dann sperren wir zu und gehen mit ihnen auf ein Eis«, sagt sie mitfühlend. Hätte ich ihr gar nicht zugetraut. Der Eissalon ist um die Ecke, ein paar Touristen zahlen gerade am äußersten Zipfel des Gevierts und wir schicken Sven los, den Tisch zu okkupieren. Wir winden uns zwischen den Stühlen durch. Sven liegt auf dem runden Tischchen, als wir ankommen.

»Dafür krieg ich aber eine Doppelportion«, sagt er.

Und ich meinen Pistazieneisbecher.

»Kann sich nur um eine neue Flamme handeln«, flüsterte ich.

Die trampulöse Mona muss natürlich möglichst laut und blöd fragen: »Ein neuer Mann für Julia?«

Anna zieht die erdbeerfarbigen Mundwinkel abwärts: »Mama ist blöd. Wir haben es viel schöner zu dritt.«

»Zu dritt«, sage ich und kriege einen Löffel Zitroneneis von Anna auf den Arm geklatscht.

»Diesmal wird es anders.« Ich bin mir da ganz sicher. Schließlich macht Julia seit Monaten Therapie.

Sven und Anna laufen nach ihrem Eis zur Rutsche, die der Salon für die Kleinen zur Verfügung stellt.

»Hast sie doch gesehen, Mona«, fahre ich fort, »sie geht wie eine Königin durchs Leben, ganz stolz und selbstsicher.«

»Na, dann hoffen wir, dass sie einen König aufgetan hat.« Mona blickt skeptisch drein.

»Von Männern wie Chris ist sie geheilt, garantiert.«

Samstagmittag statt wie versprochen am Morgen taucht Julia bei mir auf. Die Schatten unter ihren Augen bedeuten nichts Gutes. Da die Kleinen einen Mickymaus-Film zu Ende sehen wollen, trinken wir Kaffee.

»Und wer ist es?«

»So toll, Marie! Ein richtiger Gentleman. Im Anzug! Stell dir vor, ich habe einen Typ, der genagelte Schuhe trägt.«

»Was tut er?«

Julia zündet sich eine Zigarette an. »Import-Export. Vierzig Jahre alt.«

»Ich bin ja so neugierig! Zeigst du ihn mir?« Ich kullere wie eine Göre unverdächtig mit den Augen. Das beruhigt Julia.

Wir machen ein Treffen bei Carlo aus.

Der afrikanische Prinz

»Weshalb kommst du nie?«, brüllt Carlo mich an, kaum betrete ich die Kneipe.

»Hab was Besseres zu tun«, weiche ich aus. Ich suche mir einen Dreiertisch aus. Es ist neunzehn Uhr, und bis auf zwei Biertrinker keiner da.

»Wieso ist es so leer bei dir?«, frage ich Carlo, als ich mir einen Sommerwein an der Theke hole.

»Wirtschaftskrise, Marie.« Er blickt mich umdüstert an. »Was macht dein Paul?«

»Ist nicht meiner. Nicht mehr. Er betet in einem indischen Ashram. Gefällt ihm besser, als sich mit mir abzugeben.« Hätte ich nicht sagen sollen, denn Carlo erinnert sich dran, dass er in mich verliebt ist. Bravo, Marie!

Schon sagt er: »Bist du jetzt solo?«

Ich weiß jetzt nicht, wie ich da wieder rauskomme, doch da erklingt Julias Lachen hinter mir. Glockenhell. Das macht sie immer, wenn sie bis über beide Ohren verknallt ist.

Ich fahre herum und erblicke hinter ihr einen zierlichen Kerl im cremefarbenen Armanianzug und schwarzen T-Shirt. Julia umarmt mich.

Ihre Stimme, ganz aufgeregt: »Das ist Giorgio!«

Der Geschniegelte hat in Calvin Klein gebadet und küsst mir die Hand.

»Sehr angenehm«, lächelt er. Auf dem linken Schneidezahn blitzt ein Diamant oder so was ähnliches.

Ich nicke stumm.

Wir setzen uns. Julia strahlt aus allen Poren und himmelt Giorgio an. Er spielt mit ihrer Hand, die in seinem Schoß liegt.

Ich räuspere mich. »Sind Sie Italiener?«

Abwehrend hebt er seine hellrosa Handflächen.

»Oh nein! Aber ich handle hauptsächlich mit denen und mein Name ist unaussprechlich für sie.«

Aha. Seine schwarzen Augen sehen mich abwartend an. Aber ich denke überhaupt nicht dran, weiterzufragen, nippe am Sommerwein.

Julia lacht auf. »Pass auf, Marie, er heißt Ngabo und kommt von der Elfenbeinküste.«

Ich verkneife mir ein »Ach, deshalb ist er so schwarz« und lächle unverbindlich. »Womit handeln Sie denn?«, frage ich dann doch.

»Import-Export«, antwortet meine Schwester statt ihm.

Giorgio, der Ngabo heißt, entschuldigt sich und geht zur Toilette.

»Was im-/exportiert er?«

Sie springt auf. »Sind wir bei der Polizei? Keine Ahnung! Ich kenn ihn erst zwei Tage«, faucht sie.

Nein, das ist gar nicht gut. Instinkt.

»Gönnst du es mir nicht, Marie? Was kann ich dafür, dass Paul dich verlassen hat!«

Aber ich weiß es einfach!

Ich weiß, dass der Junge noch viel ärger als Chris ist. Er toppt vermutlich alles. Ich wette, Giorgio ist der Drogenkaiser Wiens. Ich gehe aufs Klo, um nachzudenken.

Leider fällt mir nichts ein. Als ich zurückkomme, sehe ich die beiden in einem innigen Kuss und weiß, ich kann nichts dran ändern.

Julia

Es ist brutal heiß.

Mona und ich bewegen uns wie erschöpfte Fliegen. Ich kann mich an keinen vergleichbaren Sommer erinnern, vielleicht ändert sich das Klima ja wirklich oder mein Gedächtnis ist überhitzt. Im Waldhaus wäre es auszuhalten, denke ich, während ich meine Buttermilch mit eiskaltem Mineralwasser mische.

Da die Schulferien begonnen haben, sitzt Anna bereits in Mamas kühlem Steinhaus, von dem ich nur träumen kann, Julia, immer noch schwer verliebt in ihren Prinzen, und ich, wir müssen Geld verdienen. Sven kam gestern aus dem Ferienlager und wird morgen mit dem Zug zur Oma nachgeschickt.

Ich melde mich freiwillig zu einem Gang durch die glutheißen Gassen, um die Bestellungen zur Post zu bringen. Mona ruft mir nach, ich soll im Bastelladen blaue Folie und weißen Sand für die Schaufenster besorgen. Meeresluft atmen, das wär's. Ich nehme außerdem ein paar Dekomuscheln mit, halte eine ans Ohr. Sie rauscht nicht.

Für den Rückweg brauche ich doppelt so lang.

Mona liegt ermattet in ihrem Bürosessel.

»Max hat angerufen. Er wartet auf deinen Rückruf«, sagt sie.

Plötzlich werde ich lebendig. Max nimmt nach einem Läuten ab.

»Mama, ein Polizeikommissar wollte wissen, ob du die Schwester von Julia bist.«

Ich werde wütend, was hat sie schon wieder angestellt? Kann man sie denn nie länger alleine lassen?

Nachdem Max mich ermahnt, Ruhe zu bewahren, sage ich Tschüss und rufe auf dem Revier an. Meine Stimme bebt, aber ich habe mich unter Kontrolle. Erst als sie mir sagen, ich solle vorbeikommen, spüre ich etwas, das ich zuvor noch nie gespürt habe und bekomme Angst. Schrill entgegne ich, dass es ihr recht geschieht, wenn sie jetzt einsitzen muss, dabei wünsche ich mir nichts sehnlicher als das.

Dann fällt mir Sven ein, ich rufe ihn sofort an.

»Mama?«

»Nein, ich bin's, Marie.«

»Ich habe Hunger und weiß nicht, wo Mama ist«, schluchzt er in den Hörer.

»Schatz, seit wann bist du denn allein?« Ich werde panisch.

»Sie ist gestern Abend weggegangen.«

Es ist jetzt siebzehn Uhr.

»Ich hole dich, mein Armer.«

»Wo ist Mama?«

»Rühr dich nicht weg, ja?«

Ich rase los, hole Sven ab, drücke ihm während der Fahrt eine Wurstsemmel in die Hand.

»Es ist besser, wenn der Junge draußen wartet«, sagt der Kommissar mit unbewegter Miene und führt mich in sein Büro.

Eine Beamtin kümmert sich um Sven.

Im Raum ist es grauenhaft heiß, die Abendsonne blendet mich, das Kleid klebt an meinem Körper. Und doch ist mir so kalt, dass ich schlottere. Plötzlich weiß ich Bescheid.

Ich sinke auf den Stuhl und will das Polaroidfoto nicht anschauen.

»Es ist das Schwerste«, sagt der Mann, »aber Sie müssen Ihre Schwester identifizieren.«

Ich werde das Bild nie wieder aus meinem Kopf kriegen. Julias zarter Oberkörper, der schwarze BH, die Arme angewinkelt neben dem zur Seite geneigten Kopf. Als schliefe sie. Schläuche stecken in der schmalen Nase, im Mund. Sie hat sich einen »Goldenen Schuss« gesetzt, wie man sagt. Aber ich weiß, es war eine unbeabsichtigte Überdosis. Sie lebte viel zu gern! Die Reanimierung war vergebens. Ihr Prinz liegt auf der Intensivstation. Sie haben sich Heroin und Kokain in die Vene gejagt. Sagt der Kommissar. Julias Herz hat das nicht ausgehalten.

Ich erzähle Mama und den Kindern, dass sie an einem Asthmaanfall gestorben ist. Dann nehme ich mir frei und fahre mit Sven ins Waldhaus.

Anna schreit und schreit. Sven ist verstummt.

Wir wissen nicht, wie wir damit umgehen sollen. Wie wir das jemals bewältigen können, wie der Schmerz um Julia leiser werden kann. Aber das müssen wir auch nicht, die Kinder zeigen es uns.

Epilog

Pauls letzte E-Mail ist mehrere Monate alt. Das angehängte Bild zeigt einen bärtigen Mann im Sari, die Hände betend vor der Brust gefaltet. Heute weiß ich, die Liebe war tatsächlich zu klein. Er ist ein Mann wie Papa, der ein toller Vater und zugleich ein miserabler Gefährte meiner Mutter war. Das Kind in mir vermisst diesen Papa weiterhin – die Frau, die ich nun bin, hat den Wahn, so einen Mann zu einem Liebenden zu formen, abgelegt.

Monas Buchhandlung heißt jetzt *M & M – Buch*, wir sind Kompagnons. Ich habe es geschafft, die Geschichte meiner Familie zu vollenden. Demnächst erscheint sie unter dem Titel »Alles wie immer« in einem Wiener Frauenbuchverlag.

Julia fehlt mir. Immerzu. Zwei Jahre ist es nun her. Anna hat ihr glockenhelles Lachen und ihre Zehenform geerbt. Wenn ich die Kleine aus der Badewanne hole, erschrickt jedes Mal mein Herz. Dann weiß ich, Julia lebt in den Zehen, im Lachen ihrer Tochter. Ich mache weiter. Für unsere Kinder. Für mich.

Sven und Anna kommen vom Spielplatz zur Bank unter den Fliederbüschen, auf der ich lese. Sie führen einen fremden Mann an der Hand.

Als ich mich besorgt aufrichte, brüllt Anna: »Tante! Wir haben dir was mitgebracht!«

»Der Gabriel ist wirklich nett«, keucht der rundliche Sven. Sie lassen ihn los und laufen zurück zu ihrem Spiel.

»Hallo, hier bin ich«, mit samtweicher Stimme.

Ich starre ihn an. Wie Sonnenstrahlen liegen die Fältchen um seine Augen.

Ich senke den Blick. Seine Hände sind kräftig, sie sehen aus, als würden sie mein Herz gut zusammenhalten können.

ENDE

Über Elsa Rieger

Mich fasziniert das Menschsein, Menschbleiben in unserer Welt der Polaritäten.

Ist es nur möglich, ein kriegerisches Entweder – Oder ins Leben hinauszubrüllen und darauf zu beharren, recht zu haben? Oder haben wir die Chance, uns auf ein behutsames Sowohl – Als auch einzulassen und in die Welt zu tragen, damit sich die Akzeptanz unter uns ausbreiten kann? Die Akzeptanz, dass Schwarz nichtimmer einfach Schwarz und Weiß nicht unbedingt für jeden gleich Weiß ist. Sowohl als auch. Das verbinde ich in meinen Texten.

Website:
http://www.elsarieger.at/

Blogs:
http://schreibtalk.blogspot.com
http://ebooksalon.blogspot.co.at/

Social Networks:
https://www.facebook.com/elsa.rieger
https://twitter.com/ElsaRieger

Elsa Rieger – Bücher – eine Auswahl:

Am Abgrund
Roman
Taschenbuch und E-Book

mit einer ahnung von liebe
Lyrik
Taschenbuch und E-Book

Die Frau, die sich nicht umdrehte
Erzählungen
Taschenbuch und E-Book

LiebesWellen.
Roman
Taschenbuch und E-Book

Dann reden wir von Liebe.
Erzählungen und Gedichte
Taschenbuch und E-Book

Der letzte Rabe.
Böse Erzählungen
Taschenbuch und E-Book